다 쓴 마음은 어디다 버려요?

다 쓴 마음은 어디다 버려요?

초판 1쇄 인쇄 | 2023년 1월 20일
초판 1쇄 발행 | 2023년 2월 10일

지은이 | 김단한
발행인 | 안유석
책임편집 | 고병찬
편집자 | 하나래
디자이너 | 이정빈
일러스트 | yoonzise
펴낸곳 | 처음북스
출판등록 | 2011년 1월 12일 제2011-000009호
주소 | 서울특별시 강남구 강남대로364 미왕빌딩 17층
전화 | 070-7018-8812
팩스 | 02-6280-3032
이메일 | cheombooks@cheom.net
홈페이지 | www.cheombooks.net
인스타그램 | @cheombooks
페이스북 | www.facebook.com/cheombooks
ISBN | 979-11-7022-256-9 03810

다 쓴 마음은
어디다 버려요?

김단한 지음

처음북스

|프롤로그|

다 쓴 마음은
어디로 가는 걸까요?

뜨뜻미지근한 바람이 코를 타고 들어와 가라앉았던 마음에 먼지를 일으키면 나는 속수무책으로 아까와는 다른 사람이 되었다. 잊은 줄 알았던 온갖 것이 다 떠오르는 바람에 부끄러워 고개를 푹 숙이고 걸음을 재촉해 보지만, 지나치게 많은 잡생각을 피해 걷는 일은 쉽지 않다. 불안감과 열등감, 낮아진 자존감과 출처를 알 수 없는 분노, 막막함과 슬픔. 나의 걸음을 더디게 만드는 것에는 명확한 이름이 있다.

덕분에 잊은 줄 알았던 지난 무엇과 오래 대화를 나눴다. 물성이 없는 그것들을 빤히 보며 걸으면, 나의 몸이 물을 잔뜩 머금은 솜처럼 시시각각 무거워짐을 느낀다. 하지만, 걷는 일을 멈출 생각은 없다. 걷는 것 말고 할 수 있는 게 없기 때문이다. 걸으면서 하는 생각은 대부분 절반은 쓸데가 있고, 절반은 쓸데가 없다.

처음에는 주먹을 꽉 쥐고 걸었다. 다음에는 눈에 보이는 쓰레기를 하나 주워 걷는 내내 들고 다녔다. 쓰레기를 버릴 곳을 발견할 때까지 나는 때마침 불어오는 바람, 달아오른 뺨 위로 흐르는 땀방울 같은 것이 상기시키는 어떤 순간의 감정을 손에 쥔 쓰레기에 꾹꾹 눌러 담았다.

가장 처음 내 눈에 들어왔던 쓰레기는 빨대가 꽂힌 플라스틱 컵이었다. 얼음이 잔뜩 담긴 컵은 화단 끝에 아슬아슬하게 서 있었다. 애초에 무엇이 담겨 있었는지 알 수 없었다. 그러나 그것은 중요한 것이 아니었다. 나는 잠시 걸음을 멈추고 컵에 담긴 얼음을 주시했다. 누군가의 얼굴이 떠올랐기 때문이다. 이제는 나와 상관이 없어진, 한때 내 곁을 지키던 얼굴이었다. 나는 컵을 하나하나 분해하며 근처 쓰레기 수거함을 향해 걸었다. 컵을 감싸고 있던 두꺼운 종이는 종이만 모으는 통으로, 플라스틱 컵은 플라스틱을 모으는 통으로, 안에 들어 있던 얼음과 물은 화단에 쏟아 버렸다. 그리고 나는 바보처럼 오도카니 서 있었다.

왜 마음이 후련하지 않은지, 나는 이유를 찾아보려 서 있었다. 무언가를 떠오르게 한 무언가를 없애고 비우면 어떻게든 나아지지 않을까 싶어 한 일이지만, 아무런 일도 일어나지 않았다. 더는 이룰 목표가 없는 사람처럼 공허한 눈으로 쓰레기장을 훑었다. 얼음을 좋아하던 누군가가 떠오른 이 구질구질한 마음도 컵처럼 하나하나 분해하여 버리고 싶었기 때문이다. 하지만, 마음을 버릴 곳은 없다. 깨지는 것에 넣자니 단단했고, 플라스틱 통에 넣자니 잘 찢어지는 종이와 같았다.

'버릴 곳이 없는 마음은 어떻게 버리나.'

불쑥 떠오르는 이런 쓸데없는 감정을 버릴 수 있는 곳이 있었으면 좋겠다. 이렇게 버리지 못한 마음이 수두룩하다는 것을, 제각각 무게와 쌓인 시기가 다른 그것들이 이미 마음 어느 구석에 높다란 산을 쌓았다는 것을, 나는 쿰쿰한 쓰레기장의 냄새를 맡으며 다시금 알아챘다. 내가 휘청거린 날은 마음에 쌓인 산 어느 한 귀퉁이가 우르르 무너져 내렸기 때문이리라.

마음에 짓눌리지 않기 위해 나는 끊임없이 발을 움직였다. 목적지를 정하지 않고, 눈에 보이는 쓰레기를 손에 쥐고 오로지 그것을 버릴 요량으로 걸었다. 쓰레기는 길목마다 있었고 다행스럽게도 나는 계속 걸을 수 있었다. 그것이 문득 문득 어떤 것을 떠올리게 할 때도 나는 멈추지 않고 걸었다.

이 책에는 바닥을 구르는 쓰레기를 보며 떠올린 어떤 생각과 순간이 모여 있다. 쓰레기는 올바르게 버렸지만, 마음은 버릴 곳이 없어 매번 방황했다. 버리지 못한 다 쓴 마음을 이곳에다 옮겼다. 다 쓴 마음은 어떻게 처리하는지 마땅히 알지 못한 탓이다. 앞으로도 감정을 정리하고 추스르고 보내고 비우는 과정에서는 한없이 느리고 무딜 것 같다는 생각이다.

— 김단한

Part 1
비우고 버리기

Part 2
비우고 버려도 남아 있는

Part 3
차마 버리지 못한

Part 4
비움 그리고 채움

에필로그

Part 1

비우고
버리기

우리는 모두
쓰레기다

걷기 힘든데도 걸어야 할 때는 바닥에 널린 쓰레기를 목표로 두고 걸었다. 다행스럽게도 길거리에 널린 쓰레기는 많았고, 나는 감사하게도 계속 걸음을 옮길 수 있었다. 걸으면서 참으로 많은 생각이 스쳐 갔다.

우선, 일상생활에서 쓰레기라는 단어를 언제 쓰는지에 대해 생각해 봤다. 생소한 공간에 갔을 때, 버려야 할 것이 있는데 도무지 쓰레기통이 보이지 않을 때, 나는 '쓰레기통은 어디에 있어요?'라고 묻는다. 나를 두고 뻔뻔하게 바람을 피워 연인과의 신뢰를 저버린 작자를 앞에 두고 '이 쓰레기야!'라고 한다. 운동하지 않고, 제때 할 일을 하지 않아 게

으름이 뚝뚝 떨어지는 나를 보며 '나는 정말 쓰레기야.'라고 푸념한다. 쓰레기는 쓰레기 그 자체가 되기도 하고 어떤 사람을 지칭하기도 한다.

'쓰레기처럼 살지 말아야겠다.'

나는 자주 그런 생각을 했다. 쓰레기처럼 사는 것이 뭔지도 모르면서 그런 이야기를 했다. 어쩌면 쓰레기처럼 산다는 것은, 숭고한 삶일 수도 있는데 너무 쉽게 말을 했다. 각종 노고를 전부 거치고, 장렬히 전사했다가 다시 태어나거나 아니면 아예 소멸하는 멋진 존재일 수도 있는데 말이다. 나는 요즘 내가 너무 인간 중심적인 생각을 하는 것은 아닌가 싶어 불안하다. 내가 인간인 이상 다른 무언가를 대변할 수 있는 생각은 하기가 어려운 것이 어떻게 보면 당연한 일이지만, 영영 알 수 없는 영역으로 남을 무언가가 궁금하면서도 두렵다. 모르면서 아는 척하고 싶지는 않다.

쓰레기처럼 살지 말자는 생각은 내가 한동안 깊은 우울감에 빠졌을 때 오랫동안 머릿속을 동동 떠다녔다. 그때 나는 머리를 짧게 자르고, 건강을 돌보지 않고, 무표정으로 세상을 대했었다. 내면을 제대로 돌보지 않으니 마음에서 쿰쿰한 냄새가 나고 외면이 망가지는 느낌이 들었다. 자각하지 못하는 새에 그런 일이 일어나는 것도 무섭지만, 자각하면서도 그런 일을 막지 못하는 것은 더 무섭다. 나는 내가 망가지고 있다는 느낌을 받으면서도 무언가를 할 생각을 하지 못했다. 그러다 어느 순간, 모두가 잠든 새벽에 굳게 닫은 창문 틈으로 달빛이 들어오고, 그 달빛이 내 방의 문고리를 반짝 비추었을 때 이젠 정말 이곳을 나서야 한다고 느꼈다. 더는 냄새나는 삶을 살지 말자, 깨끗하게 살자, 나 자신을 가꾸자, 바닥에 나뒹굴지 말자, 내가 있어야 할 곳을 정확히 알고 있자, 까지.

그 당시에는 주로 과거에 머물렀다. 시간을 돌릴 수 있다면, 돌리게 된다면, 조금 더 생을 잘 살 수 있지 않을까? 내가 겪고 있는 이 무지막지한 일을 교묘하게 피해 갈 수 있지 않을까? 우리 가족이 더 행복해질 수 있었을지도 몰라. 내가 조금 더 빨리 성공의 궤도에 들어서서 멋진 사람이 될 수 있었을 텐데. 가족에게도 엄청난 보탬이 될 수 있었을 텐데. 친구들에게 자랑스러운 친구가 되어 줄 수 있었을 텐데……

여기까지 생각이 미치면 바로 겁이 따라붙었다. 겁은 걸음이 빠르다. 겁에 잡히면 마음의 심해에 있던 것들이 스멀스멀 올라왔다. 그런 날이 찾아오면 온전히 자지 못하고 매번 자책하는 일을 반복하며 '쓰레기'에 가까워졌다. 나는 내가 겁을 영원히 떨칠 수 없고 미래에 대한 막연함이나 어떠한 열등감과 함께 평생 몸을 부대끼며 살아야 한다는 것을 알았다. 시간을 돌려 과거로 돌아간다는 생각은 실현될 수 없기에 허망하다. 나는 그것을 알면서도 가끔 그것을 바라곤 했다.

그러나, 절대 잊지 않겠다는 순간과 절대 변치 말자는 순간이 찰나에 아스라이 흩어지는 것을 몇 번 목격하고 난 뒤부터는 마음이 홀가분해졌다. 내가 믿는 누군가의 모습이 오랫동안 보존되지 않는다는 것을 알고 나니, 나 역시 내가 생각하고 원하는 만큼 대단한 사람이 아니라는 것을 느끼고 나니, 슬픔은 피한다고 피해지는 것이 아니라는 것을 알고 나니, 정해진 고통이라는 것이 분명히 있고 우리는 고스란히 그것을 받아들여야 함을 알고 나니, 더없이 가벼워졌다.

누구나 한 번쯤은 자신을 쓰레기라 칭해 보지 않았을까? 갖가지의 쉰내가 풍기는 쓰레기장 같은 삶을 묵묵히 걸어 본 적이 있지 않았을까? 나도 모르게 내 안에 쌓여 있는 쓰레기는 어떤 모습을 하고 있을까? 살아가는 동안 몸집을 불려 가는 마음의 쓰레기 산을 보고 있자면 늘 아득해졌다. 중요한 약속을 모두 뒷전으로 두고 엉뚱한 여유를 부리는 것 같은 조급한 느낌이 들기도 했다. 실제로 약속을 잊거나 무작정 여유를 부리고 있는 것이 아님에도 그랬다.

마음에 쌓여 있는 쓰레기의 높이는 모두가 다를 것이다. 쌓여 있는 것을 다시 흩트려서 그것을 샅샅이 확인하는 일은 그리 나쁘지 않다. 우리는 우리 마음을 무겁게 하는 것이 무엇인지 똑바로 볼 필요가 있으니. 마음에 쌓인 것을 바라보는 일에는 새삼 놀라울 것도 없을 것이다. 반복하는 삶. 묵묵히 사는 삶. 그러므로 우리는 모두 같은 삶을 살고 있다. 정말이지, 사람 사는 거 다 똑같다. 시간이 갈수록 더 와닿는 말이다.

깃털처럼 붕 뜬 채로
산 적이 있었다

깃털이다. 이제는 길거리에 나뒹구는 깃털을 보아도 놀라지 않지만, 예전에는 걸음을 멈추고 입을 틀어막을 정도로 놀라곤 했다. 그리 놀라운 것이 아니었음에도 내가 그렇게 행동했던 이유는 대단치 않았다. 그저, 마음 깊은 곳에서 불거진 어떠한 상상 때문이었다. 나는 그 상상을 실제로 일어난 일처럼 절실히 느끼기 위해 가끔 현실에서 그런 과장된 행동을 했다.

지금도 그렇지만, 나는 잠시 다른 세계로 나를 던져 버리는 상상을 아주 자연스럽게 했다. 그것은 어렸을 때부터 이어져 온 것으로 정확히는 도피에 가까웠는데, 실제로도 나는 하기 싫은 일을 해야만 하는 상황에 직면하거나 아니면 뭔가에 몰두해 잠시 머리를 식혀야 할 때마다 쉽게 여러 상상에 몸을 던지곤 했다. 하던 일을 멈추고 상상에 빠져드는 것은 나에게는 아주 쉬운 일이었다.

길바닥에 나뒹구는 깃털은 다른 세계와 나를 연결해 주는 열쇠 역할을 했다. 나는 깃털만 보고도 곧잘 상상에 빠졌다. 지금 내 눈에 보이는 이 깃털이 만약 누군가의 날개뼈에서 빠져나온 것이면 어쩌나. 상상만으로도 설레는 일이었다. 옷 안으로 단단히 숨긴, 등 뒤로 꼭꼭 감춘 날개를 상상하면 괜히 몸에 열이 오르는 것 같기도 했다. 내 친구가 천사일 수도 있었다. 날개를 이용해 하늘을 훨훨 날 수 있음에도 불구하고 정체를 숨기기 위해 두 다리로 엉성하게 걷다가 아무도 모르게 흘린 깃털 하나. 그것을 물끄러미 바라보고 서 있는 나와 그런 나를 멀리서 보며 당황스러워하는 깃털의 주인. 이런 장면들을 상상하면 정말 어느 나무 뒤에서 누군가가 몸을 숨긴 채 발을 동동 구르며 나를 바라보고 있는 것 같아 황급히 뒤돌게 되는 것이었다.

나는 이러한 상상이 터무니없는 것인 줄을 알면서도 끊임없이 상상의 나래를 펼쳤다. 앞서 말했듯, 상상하는 행위는 나에게 있어 일종의 도피였고, 그렇다는 것은 현실을 떠나고 싶은, 어쩌면 잠시 모른 척하고 싶은 이유가 나의 삶 곳곳에 널려 있단 뜻이기도 했다. 그랬다. 나는 그즈음 계속해서 상상을 이어가야 했다. 꼭 그래야만 버틸 수 있었던 나날들이었기 때문이었다.

지나가는 사람만 봐도 미웠다. 저 사람은 행복하겠지. 또 어떤 날은 그랬다. 저 사람도 내가 겪은 것을 다 겪어 봤을까? 또 어떤 날은 그랬다. 가여운 사람, 앞으로 살면서 힘든 일이 많을 텐데 뭐가 그리 좋다고 웃고 있을까? 별 뜻 없이 마음에 미움이 솟았다. 마음이 마음대로 되지 않았다. 종일 축축하고 눅눅한 마음을 끌어안고 살며 내가 내 마음의 눈치를 보는 날이 이어졌다. 중심이 잡히지 않았다. 내가 뭘 원하는지 모르겠고, 원하는 것이 있는지조차 불분명한 날들이었다.

덕분에 잠을 편히 자지 못하는 날들이 이어졌다. 매번 해가 뜰 때 억지로 눈을 감고 해가 애매하게 떠 있을 때 깨는 것을 반복했다. 지겹게 낮을 붙잡았다. 자꾸만 나를 흔드는 무언가가 어둠을 좋아했기에, 나는 잠을 제대로 자지 못했다. 악몽에 시달리는 것을 예견하는 일은 여러모로 괴로웠다. 몸은 가만히 있는데 생각이 부산스러웠다. 조용한 방 안에서 혼자 시끄러웠다.

그때의 삶은 가히 깃털 같았다. 정착하지 못하고 바람이 불면 부는 방향대로 거침없이 나아가는 깃털. 깃털을 닮은 생각은 아무 장애물에도 부딪히지 않고 어느 한 곳으로 과감하게 충동적으로 뻗고, 뒹굴고, 날았다. 지면에 발이 닿지 않는 붕 뜬 마음이 한동안 계속되었을 때는 잠들기만 하면 끝없는 내리막길을 넘어질 듯 말 듯 질주하거나 구멍이 숭숭 뚫린 행글라이더를 타고 하늘 높이 솟아오르는 꿈만 꿨다. 그렇게 달리고, 솟아오르다 지친 내가 겨우 눈을 떴을 때 흐릿한 시야에 깃털이 보였다.

희고 고운 깃털은 단단한 뼈대를 중심에 두고 양옆으로 털을 나부끼고 있었다. 끝이 살짝 말린 모습은 꼭 어린아이가 주먹을 쥐고 있는 것처럼 보였다. 나는 잠에서 덜 깨서 비몽사몽인 상태로 그것을 향해 손을 뻗었고, 깃털은 날아가지 않고 고요히 나의 손에 붙잡혀 주었다. 한가한 일요일의 늦은 오후였다. 창밖은 거리를 지나다니는 사람들의 소음이 가득했고, 더 자도 된다고 속삭이는 듯한 볕이 가만가만 창틀에 닿았다. 창을 통과한 바람이 손에 있는 깃털을 흔들었을 때, 나는 서서히 잠에서 깨었고 아까보다 조금 더 크게 눈을 떴다. 뒤척이는 소리가 들렸던 것일까? 종일 잠만 자는 딸이 걱정되었던 엄마가 방문을 열고 들어섰다. 나는 엄마를 보자마자 아직 온전히 힘이 들어가지 않은 손으로 깃털을 흔들며 말했다.

"엄마. 내 방에 천사가 왔었나 봐. 근데, 내가 계속 잠만 잤거든. 자기를 못 알아주는 게 서운해서 그냥 간 것 같아."

"그러니?"

엄마는 더 묻지 않았다. 그러냐고 묻고 말았다. 그러더니 천천히 방 안을 둘러보며, 그 큰 날개를 가진 천사가 어디에 있었을까? 중얼거리기도 했다. 엄마의 중얼거림은 나에게도 들렸다. 나는 잠시 눈을 감고 천사가 있을 만한 자리를 떠올려 보았다. 그러면서 생각했다. 엄마가 나더러 미쳤다고 하지 않아서, 그냥 아무렇지도 않게 그러냐고 묻고 말아서 참 고맙다고.

덕분에 나는 창가에 걸터앉아 나를 내려다보는 천사를 계속 그려 볼 수 있었다. 내가 조금 더 편한 잠을 잘 수 있게 자신의 날개를 이용해 가만가만 부채질을 해 주는 모습을. 뜨겁게 데워진 마음을 가만가만 식혀 주는 모습을. 내 손에 있는 깃털은 그러다가 빠진 것이 아닐까?

한동안 투명한 휴대폰 케이스 안에 부적처럼 깃털을 넣고 다녔다. 나는 마음이 불안할 때마다 깃털을 들여다봤는데, 그럴 때면 우습게도 마음이 차분해졌다. 이것이 알게 모르게 나를 지켜 주고 있다고 생각했다. 나는 급기야 '나의 지쳐 잠든 모습을 바라보며 가만가만 날갯짓을 해 주었던 고마운 어떤 천사'가 나의 뒤를 밟는 장면까지 상상하기에 이른다. 나의 뒤를 지켜 주는 날개를 가진 천사라니, 이 얼마나 든든한 상상인가.

상상. 그러니까 가끔은 정말 이런 상상에 기대어 살아야 할 때가 있다. 딛고 있는 현실이 너무 각박하고, 답답하고, 막막하고, 쓸쓸해서 조금이라도 잿빛을 벗어난 알록달록한 상상으로 내달리고 싶을 때가 있는 것이다. 현실은 너무 현실적이니까, 정신을 놓기 직전에는 정말이지 이렇게라도 도무지 말이 안 되는 어떤 것에 기대야만 겨우, 정신을 차릴 수 있다. 문득 현실에서 벗어나고 싶어지면, 세상 사람들 아무도 모르는 비밀을 하나쯤 품고 지내는 것은 그리 나쁘지 않다.

아무에게도 발설되지 않을 비밀을 품고 있는 동안에는 꽤 의젓한 어른의 흉내를 낼 수 있다. 나는 나를 지켜 주는 천사가 있다고 생각했다. 지금도 나를 바라보며 고개를 끄덕이고 있을 거라고. 가벼운 그 깃털 하나가 마음을 가라앉혀 준 것이다. 이리저리 날뛰던 당시 나에게는 그런 포근함이 필요했던 것 같다. 딱 깃털 하나만큼의 따스함이.

나는 세탁소 이름이 큼지막하게 적힌 비닐을 뒤집어쓰고 있는, 소매가 터져 하얀 오리털이 비죽 튀어나온 패딩이 문에 걸려 있는 것을 보았다. 비닐 안에는 미처 빠져나오지 못한 깃털이 날린다. 그런데도 나는 바닥에 떨어져 내 손에 닿았던 그것을 꽤 오랫동안 천사의 날개라 생각하며 지냈다. 가끔은 이러한 상상이 절실할 때가 있다. 터무니없는 상상은 나를 좀 더 오래 살게 한다.

4번 출구 아래 편의점에서는
무슨 일이 있었나?

서울에 도착하자마자 처음 했던 생각은 똥이 마렵다는 거였다. 엄청나게 높은 건물과 많은 사람이 뿜어내는 분위기에 압도되어서 그랬을 것이다. 물론 지금도 나에게 서울이라는 곳은 미지의 행성에 있는 우주정거장 같다. 사람들은 저마다 가야 할 곳을 정확히 알고 있고, 나는 그 속에서 넘어지지 않으려, 내가 가려고 하는 곳을 잊지 않으려 울기 직전의 표정을 지었다.

이십 대 중반에 새롭게 살아 보려 서울로 향했다. 서울에 가면 지금 있는 곳과는 차원이 다른 어떤 일이 일어날 것만 같았다. 기회가 쏟아질 것 같다는 어떤 들뜸, 빨리 가지 않으면 안 된다는 불안감에 휩싸여 약속에 늦은 사람처럼 서울행 기차에 올랐던 것이 생각난다.

당시 서울에 살기 위해서는 돈이 있어야 했다. 나는 돈이 없었기에 아르바이트를 했다. 다양한 업종을 섭렵했지만, 그중에서 지하철 4번 출구 아래에 있는 편의점 아르바이트가 가장 기억에 남는다. 오전 5시 30분까지 출근해 오후 1시에 퇴근하는 일이었다. 편의점 일도, 그렇게 일찍 일어나 일을 나서는 것도 처음이었기에, 여러모로 긴장했다. 사실, 그때까지만 해도 많은 사람이 그 시간에 깨어서 하루를 시작하는 줄 모르고 살았다. 사람들은 정말로 부지런했다. 내가 타는 지하철에는 항상 생계를 위해 눈을 부릅뜬 사람들이 많았다. 그들은 문이 열리자마자 전속력으로 달렸다. 일을 잡지 않으면 하루를 공치기 때문이란 걸 나중에 알았다. 나는 그들의 삶에 방해가 되고 싶지 않았기에 늘 벽에 붙어 조심히 걸었다. 달려가는 그들의 뒷모습을 보며 매일 마음을 달궜다.

편의점은 아주 작았다. 4번 출구로 올라가는 계단 바로 옆에 있는 곳이었는데, 정말이지 물건이 꽉 들어차 있고, 통로는 비좁았다. 그런데도 사람이 넘쳐 났다. 편의점 오픈 시간은 새벽 5시 30분. 나는 편의점의 오픈이라는 중대한 임무를 맡고 있었다. 어떤 날은 아직 불이 켜져 있지 않은 편의점 앞에 몇 사람들이 줄을 서 있었다. 어떤 날은 만취한 사람이 편의점 문을 등받이 삼아 잠들어 있었다. 나는 마감을 맡은 아르바이트생이 남겨 놓은 자취를 훑을 새도 없이 여러 사람을 맞았다. 지하철이 도착할 때마다 사람들은 우르르 몰려왔다가 우르르 나갔다. 좁은 편의점 통로를 빙 둘러 물건을 든 사람들이 줄을 서곤 했다. 나는 그때마다 내 안의 빨리빨리 정신을 깨워 빠르게 계산해 나갔다. 한차례 폭풍이 지나가고 나면 앉아서 쉴 틈도 없이 물건을 채워야 했다. 사람들이 휩쓸고 간 매대는 마치 재난 영화에 나오는 한 장면 같았다. 출근하자마자 꾸역꾸역 채워 놓은 모든 물건이 순식간에 사라진 걸 봤을 때는 놀라움을 금치 못했다.

좁은 계산대에 서 있는 것은 별로 재미있는 일이 아니었다. 나는 손님들이 계산대에 들고 오는 물건을 보며 그 지루함을 견뎠다. 이 사람은 꿀물을 사서 가네, 목이 아픈가. 이 사람은 매일 올 때마다 딸기우유를 사서 가네, 맛있겠다. 이거는 이번에 나온 신제품인데 맛이 어떨까? 궁금하네. 이런 생각을 하면 시간은 빨리 갔다. 사실, 오전 5시부터 오후 1시까지는 금방 흘러간다. 아침 시간은 바쁜 편이니까.

수많은 사람이 오가는 좁은 편의점에서도 기억에 남는 두 사람이 있다. 컵라면을 사 먹었던 남자, 매일 똑같은 시간에 똑같은 옷차림으로 똑같은 커다란 여행 가방을 들고 똑같은 도시락을 사 먹었던 여자. 그들에 관한 이야기를 해 볼까 한다.

내가 서 있던 계산대 밑에는 빨간 버튼이 있었다. 엄지로 꾹 누르면 근처 지구대에서 경찰이 출동하는 버튼이었다. 나는 이 버튼이 적어도 내가 일을 하는 동안에는 눌릴 일이 없기를 바랐다. 사실, 버튼의 존재를 잊을 만큼 바쁜 나날들의 연속이었으므로 빨간 버튼이 주는 무언의 압박은 점점 멀어져 갔다.

어느 날, 계산을 기다리는 줄을 해치우고 있을 때, 갑자기 한 남자가 끼어들었다. 남자는 원래의 차례였던 남자가 올려 둔 물건들을 한 손으로 밀친 다음 본인의 물건을 떡하니 올려놓았다. 자일리톨 껌, 커피 우유가 둔탁한 소리를 내며 떨어졌고, 홍차 유리병은 바닥에서 산산조각이 났다. 잠시 정적이 흘렀다. 내 앞에 선 남자는 무언가 온전치 않아 보였다. 나에게 빨리 계산을 하라고 눈으로 압박을 주기까지 했다. 자신의 차례를 빼앗긴 남자는 당황한 것 같았지만, 달리 항의를 하진 않았다. 남자는 눈치를 보다가 물건을 줍지 않은 채 슬그머니 편의점 밖으로 나갔다.

나는 그가 내민 컵라면을 계산했다. 다행스럽게도 그는 돈을 내밀었고, 나는 거스름돈을 돌려주었다. 그가 휘적휘적 가게 뒤편으로 가는 것이 보였다. 계산대에서 가게 뒤편까지는 다섯 걸음이면 충분했다. 뜨거운 물통이 놓여 있는 그곳은 어린 학생들이나 빠르게 한 끼를 때워야 하는 사람들이 뭔가를 먹고 가는 공간이었다. 그는 한참이나 그곳에서 버벅거렸다.

빨리빨리 정신으로 모든 계산(남자의 행동 때문에 놀란 손님들이 물건을 내려놓고 나가는 바람에 줄이 반이나 줄었었다.)을 끝마친 나는 물건을 채우러 가게 뒤편으로 갔다. 그때까지도 그는 컵라면을 감싸고 있는 비닐조차 뜯지 못하고 있었다. 나는 그에게 컵라면 비닐을 대신 뜯어 주겠다고 말했다. 나는 그의 컵라면을 받아 들고 비닐을 벗기고, 뚜껑을 따고, 수프를 뿌린 후, 선에 딱 맞춰 뜨거운 물을 받아 주었다. 순전히 빨리 드시고 조심히 가시길 바라서였다. 물을 붓는 와중에도 오만 생각이 다 들었다. 이 사람은 라면 물을 선에 딱 맞추는 사람일까? 혹은 조금 넘기는 사람일까? 행여나 내가 맞춰 준 라면 물이 마음에 들지 않아 바닥으로 내팽개치면 어쩌지……. 별생각이 다 들었지만, 다행스럽게도 그는 그러지 않았고, 라면이 익자 맛있게 먹고는 편의점을 나섰다.

물건을 채우고 나니, 아까 남자의 행패가 다시 떠올랐다. 누군가의 것이 될 수 있었던 물건들이 계산대 위에 나뒹굴고 있었다. 나는 물건들을 다시 제자리에 두었다. 이미 산산조각이 난 것은 어쩔 수 없었다. 진득한 홍차 냄새를 맡으며 바닥을 닦던 나의 눈에 빨간 버튼이 들어왔다. 이때야말로 저걸 눌러야 하는 상황이었을까? 저걸 눌러야 하는 상황은 대체 어떤 상황일까? 그때, 별안간 비명이 들렸다. 편의점 밖에서 들리는 소리였다. 깜짝 놀라 밖을 쳐다보니, 많은 사람이 편의점을 쳐다보고 있었다. 편의점에는 나와 물건을 사러 들어온 여자 손님 한 명이 다였다. 뭐지? 한참 사태 파악을 하고 있는데 계산대로 다가온 여자 손님이 손가락으로 아래쪽을 가리켰다. 아까 그 남자가 있었다.

편의점의 문은 원래 자동문인데, 어차피 손님들이 틈을 두지 않고 오가는 공간이기 때문에 늘 열림 상태로 고정이 되어 있었다. 남자는 열려 있는 편의점 문 바로 앞에 앉아 주머니에서 꺼낸 문구용 칼을 높이 들었다. 심을 끝까지 뺀 문구용 칼은 위태로웠다. 문구용 칼의 끝은 나와 여자 손님을 향한 것이 아니었다. 그는 편의점을 등진 채로 밖의 사람들을 향해 그것을 휘둘렀다. 덕분에 사람들은 편의점에 들어오지 못했다. 여자 손님이 겁을 먹었고, 나는 손님과 함께 계산대로 가서 쪼그려 앉았다. 빨간 버튼이 배를 내밀고 있었다. 나는 망설임 없이 그것을 눌렀다. 당시에는 그것이 잘 눌렸는지 몰랐다. 딸깍 소리가 나는 것도 아니고, 빛이 나는 것도 아니었다. 버튼이 잘 눌렸으니 걱정하지 않아도 된다는 느낌도 들지 않았다. 나는 몇 번이고 그것을 꾸욱 꾸욱 눌렀다.

　얼마간의 소란 뒤, 경찰 두 분이 편의점을 향해 다가오셨다. 남자를 보고 처음에는 그저 행패를 부리는 사람이 있겠거니 하셨던 것 같다. 근데 그 사람의 손에 칼이 들려 있을 줄이야. 천천히 걸어오던 경찰 두 분이 경계 태세를 갖췄다. 그들은 날이 선 칼을 보고도 당황하지 않고 적당한 거리를 두었다. 경찰이 오자 남자는 당황한 눈치였다. 그는 자리에서 일어나 칼로 희한한 소리를 냈다. 드라락. 드라락. 위협적인 소리였다. 심을 한껏 뺐다가, 다시 집어넣는 행위를 반복하는 중이었다. 드라락, 드라락. 이 소리를 듣고 왜 고양이의 하악질이 생각났을까? 나는 그것이 그의 목 어디에서 나는 소리일지도 모른다고 생각했다.

　"거기 두 분 괜찮아요?"

　누군가가 외쳤다. 그 말에 남자는 뒤를 돌아 엉거주춤 서 있던 나와 여자 손님을 바라봤고, 두 명의 경찰은 그 순간을 놓치지 않았다. 남자는 몇 번의 저항을 하다 바닥에 꼬꾸라졌다. 사람들의 비명이 지하철 통로를 울렸다. 팔과 손과 발과 다리를 마구 휘젓던 그는 어느 순간 더 이상 저항을 하지 않았다. 쉬익. 쉬익. 숨소리가 거칠게 들렸다. 짧은 순간이었다. 그의 손목에는 수갑이 채워졌다. 어느 정도의 눈요기를 한 사람들이 슬슬 자리를 뜨기 시작했다. 바닥에 떨어진 문구용 칼은 안전하게 수거되었고, 남자는 경찰들의 손에 이끌려 장소를 떠났다. 밖에 있던 사람들이 안으로 들어섰다. 나와 함께 서 있던 여자 손님은 나에게 비타민 음료 하나를 사서 내밀고는 밖으로 나섰다. 이제 막 들어선 손님들은 계산대에 물건을 올려놓으며 저마다 한마디씩 했다.

"미친 사람인가 봐요, 놀라셨죠?"

"저 사람 알아요?"

나는 모른다고 답하며 계산을 이어 나갔다. 다리가 후들거렸다. 편의점 안에 있는 사람들이 얼른 나갔으면 좋겠다고 생각했다.

온전히 혼자 남게 되어서야 나는 계산대에 있는 파란색 플라스틱 의자에 앉아 숨을 골랐다. 빨간 버튼을 누르게 될 줄이야. 언제 누르게 될 것인지가 궁금했지, 누르고 싶단 마음은 아니었는데, 그 순간이 이렇게 빨리 올 줄은 몰랐다. 넋을 놓고 있는데 아까 봤던 경찰 두 분이 편의점으로 들어섰다. 내가 괜찮은지 보러 오셨다고 했다. 나는 괜찮다고, 그저 놀랐을 뿐이라고 답했다. 둘 중 한 명이 말했다.

"아까 그 사람 알아요?"

나는 그에게 아까 있었던 컵라면 일과 그전에 있었던 남자의 행동에 관해 이야기했다.

"그래서 그랬네."

두 분이 마주 보고는 고개를 끄덕였다. 뭐가 그래서 그랬다는 거지. 둘 중 한 명이 나에게 말했다.

"아가씨가 잘해 줘서 그게 이유가 됐나 보네요. 왜 그랬냐고 물어보니까, 일하는 아가씨가 너무 바빠 보였다고. 밖에서 보니까 쉴 틈이 없어 보여서 쉴 틈을 좀 만들어 주려고 그랬대요."

정말이지, 생각지도 못한 전개였다. 헛웃음이 나왔다. 서울에도 그런 사람이 있구나. 서울은 세련된 사람만 사는 곳인 줄 알았는데. 바라지도 않은 호의를 멋대로 베풀고는 탓을 나에게로 절반쯤은 넘기는, '네가 먼저 그랬기 때문에 내가 그런 거야!' 식의 제멋대로인 생각을 하는 사람이, 서울에도 있었다니! 안 돼, 나의 낭만 서울. 서울은 그러면 안 되는데. 서울을 향했던 나의 맹목적인 믿음이 조금씩 깎이기 시작한 건 아마 이때부터였을 것이다.

경찰이 돌아가고 난 후 나는 친한 친구 몇 명에게 이 사실을 알렸다. 친구 중 한 명이 곧장 전화를 걸어왔다.

"이제 좀 나대지 마, 단한아. 거긴 서울이야. 살아남기 위해 다양한 독을 품은 사람들이 많단다. 정신 차려, 촌놈아."

"그래, 여기도 사람 사는 곳이었지."

"응. 거기는 멀쩡한 사람뿐만 아니라 별별 인간들이 득실거리는 곳이란다. 조심하라고!"

"응."

나는 무엇을 조심해야 하는지, 어떻게 조심해야 하는지 알지 못한 채 그저 무언가 크게 깨달은 사람처럼 눈을 끔뻑였다. 이것이 끝이었으면 좋으련만, 그 좁은 편의점에선 또 한 번의 큰일이 나를 기다리고 있었다.

매일 똑같은 시간에 등장하는 여자는 형광 수면 바지를 두툼하게 입고 윗옷을 몇 겹이나 껴입은 채 담요를 망토처럼 두른 모습이었다. 머리는 노란 고무줄로 대충 묶여 엉켜 있었다. 여자는 끌고 다니는 커다란 장바구니와 여행용 가방을 가지고 다녔는데 그 안에는 색색의 봉지가 몇 개씩 쑤셔 넣어져 있었다. 여자는 매일 2,900원을 들고 편의점에 들어섰다. 여자가 찾는 것은 똑같았다. 햄 두 개와 달걀, 그리고 김치가 들어 있는 새마을 도시락.

여자는 늘 같은 행동을 했다. 우선, 편의점에 들어서자마자 계산대 앞에 정체 모를 봉지가 잔뜩 쑤셔 넣어져 있는 장바구니를 세워 놓고, 곧장 도시락이 진열된 곳으로 가서 새마을 도시락을 집어 들었다. 그리고 계산대로 돌아왔다. 그녀는 늘 2,900원에 딱 맞게 돈을 내밀었다. 어떤 날은 전부 100원이었고, 어떤 날은 지폐가 섞여 있는 날도 있었다. 어쨌든 언제나 그녀가 계산하는 금액은 정확히 2,900원이었다. 계산할 때의 그녀는 내 눈앞에서 2,900원을 세어 낸 후 나를 빤히 쳐다봤다. 내가 고개를 끄덕이면 돈을 냈다. 내가 도시락을 내밀면 고개를 꾸벅 숙인 후 그것을 받아 들었다. 그리고 가게 뒤편으로 갔다. 가게 뒤편에는 뜨거운 물통 옆에 전자레인지 두 개가 아래위로 놓여 있었는데, 여자는 항상 위에 있는 전자레인지를 사용했다. 1분 30초를 맞춰 놓고, 4초가 남았을 때 꺼냈다. 그녀가 있었던 자리를 치우러 가면 항상 전자레인지는 4초를 남기고 있었다. 여자가 다녀간 자리는 깨끗했다. 나는 취소 버튼을 눌러 전자레인지를 원점으로 돌려 두기만 하면 되었다.

여자는 혼잣말을 자주 했다. 내가 이 도시락을 먹겠다는

데 네가 뭔 상관이냐고, 그건 내가 알아서 한다고, 가끔은 웃기도, 화를 내기도 했다. 곁에 아무도 없었지만, 항상 본인의 오른쪽을 보며 이야기를 나눴다. 시끄러우니까 저리 가라는 둥, 앞으로 다신 내 눈앞에 띄지 말라는 둥, 작게 속삭이다가도 가끔은 목소리가 커지기도 했다. 화를 크게 낸 여자는 한참 밥을 먹다가도 다시 오른쪽을 쳐다봤다. 가라니까 진짜 갔어! 어떤 날은 소리를 빽 지르기도 했다. 그리고 아무 일이 없었다는 듯 다시 밥을 먹었다.

하루는 바코드를 찍는데 행사 상품을 알리는 소리가 났다. 나는 도시락이 있던 자리로 가 주스를 꺼내 왔다.

"도시락을 사면, 이 주스가 따라 나가요. 세트로요. 공짜예요. 행사 상품이라서."

그런데, 나의 말이 끝나자마자 여자가 별안간 소리를 질렀다.

"이게 나를 아주 거지인 줄 아나!"

물건을 고르고 있던 손님들이 깜짝 놀라 이곳을 바라봤다. 나는 차분한 목소리로 다시 말했다.

"그게 아니라, 이번 주에는 이 도시락을 사시면 주스가 공짜로 나가요."

"이것이 나를 거지 취급하네!"

여자는 자기가 준 2,900원을 돌려달라고 말했다. 나는 그녀에게 2,900원을 돌려주었다. 편의점을 나서며 여자가 말했다.

"미친년, 내가 여기 다시 오나 봐라!"

여자가 지나간 자리에는 정적만이 남았다. 덩그러니 놓인 새마을 도시락과 사과주스를 보고 있자니 허탈했다. 미친년이라는 소리를 들어서 허탈한 게 아니었다. 뭐랄까, 여자가 새마을 도시락과 공짜로 나가는 사과주스를 가지고 가지 못해서 허탈했다. 나 때문에 한 끼를 굶어야 하는 게 아닌가 싶어서. 나는 또다시 친구와 전화를 하며 이 모든 일을 알렸다. 내 말에 친구는 다시 한번 나에게 말했다.

"네가 그 이상 어떻게 잘 전달하겠니. 제발 자책 좀 그만해. 서울에선 자책 금지야."

"서울에선 자책 금지."

"그래! 제발! 정신 차려!"

안타깝게도 나는 곧바로 정신을 차리진 못했다. 나는 조금 더 오랫동안 그곳에 머물다가 쇳독이 아니라, 사람 독이 올라 꽤 고생했더랬다. 이후 나는 후다닥 고향으로 내려갔다. 고향으로 갈 때의 마음은 서울을 처음 갈 때의 마음과 같았다. 살기 위해서였다.

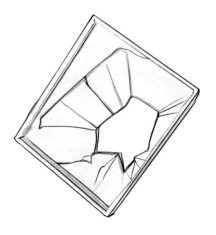

오만 원짜리
창문

서울에서의 첫 거주지는 고시원이었다. 고시원은 홍대입구역 2번 출구와 가까웠다. 5층짜리 건물의 4, 5층이 고시원이었다. 한 층에 다양한 사람들이 모여 살았다. 성별과 나이 그리고 인종을 불문한 사람들의 집합소였다.

방을 선택해야 하는데, 고시원에는 처음 살아 보는 터라 대체 어떻게 방을 골라야 하는지 몰랐다. 고시원 총무님은 홈페이지를 알려 주며 그곳에서 마음에 드는 방을 고르라고 했다. 나의 눈에는 모든 방이 넓어 보였다. 어떤 방이든 괜찮을 것 같았다. 첫 독립이었다. 나의 공간이 이제 막 생길 것이라는, 아무 물건이나 휙휙 던져 놓아도 되는 공간이 생길 것이라는 부푼 감정이 시야를 가렸다.

　두 개의 방을 두고 고민했다. 첫 번째 방은 화장실이 없었다. 고시원의 모든 사람이 사용하는 공용 화장실과 공용 샤워 공간을 사용해야 했다. 그렇지만, 창문이 있었다. 두 번째 방은 화장실이 있었다. 그렇지만, 창문은 없었다. 이런 상황이 찾아오면 나는 상상의 나래를 펼친다. 내가 첫 번째 방에서 사는 모습을 상상하거나, 두 번째 방에서 사는 모습을 상상하는 식이다.. 살아 보지 않아서 어느 곳이 편하거나 좋을지는 정말 아무도 모르지만, 나의 이런 상상은 아무런 도움이 되지 않지만, 고심하여 화장실이 있는 방을 골랐다. 창문을 포기한 것이다. 사실 창문이 있는 방은 화장실이 있는 방보다 오만 원이 더 비쌌다.

　고시원에서는 별의별 소리가 다 들렸다. 나의 머리맡에는 러시아 여자가 살았다. 처음에 나는, 402호 여자가 쓰는 언어가 어느 나라 말인지 전혀 파악하지 못했다. 희한한 발음이 좁은 벽의 틈새를 비집고 들어왔다. 도무지 마주칠 일이 없는 402호의 여자가 어느 나라에서 왔는지 더욱 궁금해질 무렵, 어느 작은 독립 영화관에서 러시아 영화를 관람한 나는 402호 여자가 쓰는 언어가 러시아 말임을 알게 됐다.

　여자는 자정만 되면 울었다. 나는 여자가 무슨 말을 하며 우는지 정확히 들을 수 있었다. 여자는 수화기 너머를 향해 '보고 싶어요, 엄마.'하고 울었다. '미쓰 유, 맘.' 하기도 했다. 수화기 너머 그녀의 엄마는 뭐라고 대답했을까? 알아듣지 못할 말을 하며 우는 딸을 채근했을까? 아니면 같이 전화통을 붙잡고 울었을까? 나는 여자가 울 때마다 머리맡 벽에 가만히 손을 대고 눈을 감았다. 여자가 '미쓰 유, 맘. 미씽.' 하면 '나도, 나도 엄마 보고 싶어.' 답했다. 눈을 감고 있으려면 울음이 잔뜩 묻은 그 목소리가 조금 더 선명히 들렸다.

나는 항상 적막을 꿈꿨다. 쓰레기통을 여닫는 소리, 분리수거함에 아무렇게나 페트병을 던져 그것이 퉁퉁 속절없이 튕기는 소리, 음식물 쓰레기통을 탈탈 터는 소리, 차가 지나다니는 소리, 누군가가 신은 하이힐에 계단이 울리는 소리, 변기 물이 내려가는 소리, 라면 봉지를 뜯는 소리, 밥통 뚜껑이 열리는 소리, 차 문을 열어 놓아 일정하게 띵띵 울리는 경고음 소리, 발정 난 고양이가 우는 소리, 그 고양이들이 싸우는 소리, 세탁기 탈수가 끝났다고 알리는 소리, 빨래를 탕탕 터는 소리, 노래를 크게 틀어놓은 배달 오토바이가 지나가는 소리, 엄마 보고 싶다고 흐느끼는 소리…….

이런 것들이 들리지 않게 땅과 떨어져 높이높이 올라갔으면 했다. 높이, 아주 높이. 귓구멍에 들어찼다가 나가는 건 오로지 시린 바람밖에 없는 곳까지 높게. 위로, 위로. 위로. 위로. 나는 발을 쭉 뻗고 위로 몸을 당겼다. 정수리에 닿는 건 푹신한 구름이 아닌, 얇은 시멘트. 여자는 아직도 울고 있다. 러시아는 우리나라보다 여섯 시간 더 늦은 삶을 산댔다. 지금이 자정이니까, 여자의 엄마는 오후 여섯 시, 그러니까 하루가 어느 정도 마무리되는 시점에 여자의 울음을 듣는 것일 테다. 매일, 매일. 여자의 엄마는 여자에게 어떤 위로를 해 줄 수 있을까?

내 방 맞은편에 사는 아저씨의 방에는 창문이 있었다. 그래서인지 내가 사는 곳보다 훨씬 환한 빛이 그곳을 감싸고 있는 것처럼 보였다. 아저씨는 창문을 자랑이라도 하듯, 방문을 활짝 열어 놓고 살았다. 나는 그 기세에 눌려 환기는 일찍이 포기한 상태였다. 나는 공용 주방에 공용 정수기를 사용하러 가면서 슬쩍 눈을 흘겨 그곳의 환한 빛을 훔치곤 했다.

창문이 없는 나는 매일 아주 짙은 어둠 속에서 눈을 떴다. 가끔은 내가 눈을 뜬 것인지, 아니면 뜨고 있다고 생각한 것인지, 아직 뜨지 않은 건지 분간이 가지 않을 때도 많았다. 그럴 때는, 별다른 방법이 없다. 한참 눈을 뜨고 있거나 내가 눈을 뜨고 있다고 믿는 수밖에. 그러면 서서히 무언가 보였다. 아주 옅게나마. 밖의 상황을 전혀 알지 못하는 상황에서의 출근 준비는 복불복이다. 추울 것 같아 꽁꽁 싸매고 나가면 겨울이라는 계절이 무색할 정도로 따뜻함이 사방을 감쌌고, 별로 안 춥겠지 싶어 가볍게 입고 나가면 종일 추위에 떨었다. 창문 없는 서러움을 나는 온몸으로 받아내야 했다.

벽지에 곰팡이가 올라오기 시작했을 때부터 나는 조금씩 지쳤다. 순전히 내 공간임에도 불구하고 조용히 숨을 죽이며 지내는 순간이 잦았다. 고시원을 나서 서울에 온 이유를 실현하기 위한 발버둥을 칠 때면 더없이 외롭고 고달팠다. 곰팡이가 맞아 주는 고시원이야말로 나의 진정한 안식처였다. 나가기만 하면 하나씩 얻어 오는 상처를 가만히 누운 채 꾸역꾸역 삼키던 하루하루. 사람을 좋아하는 줄 알았는데, 이 세상의 사람들은 너무나 가지각색이라 내가 좋아할 수 있는 조건을 가진 사람이 나와 만날 확률은 매우 적다는 것을 서울에서 깨달았다. 제일 친했던 친구가 제일 싫은 친구가 될 수 있고, 제일 싫어했던 친구가 나의 은인이 될 수 있는 이상한 도시. 나는 그곳에서 너덜너덜해졌다.

사람들은 의외로
나에게 진짜 관심이 없다

증명사진이 필요해 정말 오랜만에 사진관에 방문했다. 사진관의 젊은 남자 주인은 증명사진이라는 말을 듣자마자 분주하게 조명과 카메라를 준비했다. 나는 많은 사람이 경직된 채 앉았을 의자에 앉았다. 의자는 너무나 작아 온몸에 힘을 주고 있어야 했다.

"왼쪽이 더 예쁘다고 생각하세요, 아니면 오른쪽이 더 예쁘다고 생각하세요?"

"네?"

모니터 속 나의 얼굴을 무심히 쳐다보던 그가 물었다. 나는 선뜻 대답하지 못하고, 바보처럼 되물었다.

"왼쪽은 자기 전생의 얼굴이고, 오른쪽은 현생의 얼굴이래요. 아니다, 왼쪽은 자기가 전생에 사랑한 사람의 얼굴이고, 오른쪽은 나의 얼굴이랬나? 그것도 아니겠다, 잘 모르겠네요."

남자는 중얼중얼 마우스를 분주하게 움직이며 말을 이었다. 나는 한 마디도 대꾸하지 않은 채, 오른쪽이든 왼쪽이든 그저 퉁실퉁실한 나의 얼굴을 바라보기만 했다.

증명사진은 완벽하게 내 마음에 들지 않았다. 누구에게도 보여 주고 싶지 않아 꼭 필요한 서류에만 붙이고, 나머지는 서랍 깊숙이 넣었다. 오늘처럼 나를 제대로 들여다보아야 하는 일이 있는 날이면, 나는 한없이 작아지기 바빴다. 차라리 작아지고 작아져서 아무도 나를 보지 못했으면 좋겠다는 생각이 들 정도로 움츠러들곤 했다. 아무도 나에게 관심이 없는데 모두가 나를 바라본다고 생각해 부끄러움을 느끼거나, 마땅히 내가 할 일을 하지 못한 채 한없이 작아진 자존감과 반대로 무한하게 커진 열등감에 눌리기 일쑤였다.

나는 매일 누군가를 부러워한다. 누군가의 일상을 보며, 나는 왜 저 사람처럼 되지 못하는지, 왜 더 나아가지 못하는지, 왜 나는 저 자리에 있을 수 없는지, 저 사람은 어떻게 해서 잘 되었는지, 왜 저 사람은 매일 행복한지, 힘든 것이 정말 없는지, 없다면 어떤 이유로 그런 경지에 다다르게 되었는지를 궁금해하고, 궁금해한다.

남들의 장점을 굉장히 잘 찾고, 나의 단점은 더 잘 찾는 능력은 아주 오래전부터 있었다. 찾는 재주가 어찌나 대단한지, 그 능력을 한 번 발휘할 때마다 상대방과 나의 거리는 더욱 멀어진다. 나는 누군가를 쉽게 부러워할 수 있었다. 닮고 싶은 동경의 과정보다는 시기 질투의 과정이라는 표현이 맞을 것이다.

누군가 질투는 나를 다시 일으키고, 점검하는 힘이라 했다. 맞는 말일 수 있다. 하지만, 나에게 적합한 말은 아니었다. 나는 상대방과 나를 동일시하지 않고, 간격을 두고 보기 때문에 힘을 얻을 수 없었다. 그러니, 나 빼고 모든 사람이 잘난 것처럼 보였다. 남들은 어려운 일을 하지 않아도 원하는 것을 척척 얻을 수 있고, 나만 진흙탕을 구르며 사는 것 같다고 느꼈다. 멋진 문장을 술술 뽑아내는 그들이 부럽고, 수시로 상을 타고 주목받는 그들이 부러웠다. 나는 내가 부러워하는 사람이 직접 되거나, 내가 그들보다 훨씬 더 잘난 상황을 겪는 상상의 나래를 펼치다 황급히 현실로 돌아오길 반복했다. 그럴 때면, 한심함이란 단어를 품은 마음이 피어올랐다.

나의 삶의 목표가 '남들만큼만 하자' 였던 때가 있었다. '남'이 그 자리까지 가기 위해 어떤 노력을 한 줄도 모르고 쉽게 입을 놀린 적이 많았다. 내가 부러워하던 사람이 나더러 '넌 정말 멋진 사람이야, 알고 있지? 나는 네가 부러워.' 라고 말하기 전까지는.

내가 부러워하던 사람이 나를 부러워한다니. 처음에는 그 말을 곧이곧대로 듣지 못했다. 어리둥절한 나의 표정을 보던 그가 다시 말했다.

"너는 가끔 보면 걱정이란 것이 없는 것 같아, 어떻게 그렇게 자신감이 넘치니, 마음먹은 것은 그대로 밀고 나가서 기어코 해내잖아, 나는 그런 네가 너무 멋져, 부러워."

나는 며칠간, 그가 나에게 했던 말을 되새기고 또 되새겼다. 매번 걱정과 질투와 시기와 알 수 없는 분노와 허무함에 사로잡혀 머리를 쥐어뜯는 나의 모습이 그에게는 전혀 보이지 않는 듯했다. 그의 눈에 나의 무모함은 어떤 패기였고, 열등감은 이뤄내고자 하는 목표의 모습을 하고 있었다.

'사람들은 나를 잘 몰랐구나. 나에게 관심이 없구나. 내가 괜히 의식한 거구나.'

그런 생각이 들자마자, 그의 등 뒤에 있던 묵직한 짐이 그제야 눈에 들어왔던 것 같다. 후광인 줄 알았던 빛은 그저 해를 등지고 선 상대의 등을 비추는 볕일 뿐이었고, 상대가 이룬 결실은 그가 내리쬐는 볕을 감당하며 묵묵히 걸었기 때문이라는 것을 뒤늦게 알아챈 것이다.

　나는 어쩌면 좀 더 쉬운 길을 찾고 싶었던 것이었는지도 모른다. 그를 그저 질투하고, 시기하고, 부러워하면서 손쉽게 답을 얻고 싶었던 것일지도. 그와 나는 걸어가는 길이 분명 다르다. 가는 길에 심어진 나무나, 냄새, 모래알의 수도 전부 다를 것이다. 내가 앞으로 남들을 시기 질투하지 않을 것이란 보장은 없다. 다만, 남들에게서 빠르게 장점을 찾는 것만큼이나 스스로가 가진 장점을 찾는 능력이 발달하면 좋을 것이란 생각이 든다. 나에게 관심을 두는 사람은 없다. 사람들은 내가 무엇을 하는지 그리 궁금해하지 않는다.

나는 자다가 소리를
지른 적이 있다

꿈을 꿨다. 평소에 꿈을 굉장히 자주 꾸는 편이라 놀라울 것은 없었다. 나의 아침 일상은 어렴풋한 꿈을 더듬으며 시작한다. 주로 현실에서 겪었던 일이 꿈으로 나타났다. 나의 의견을 어필하지 못한 채 매번 끌려다녀 지쳤던 날, 하기 싫은 것을 억지로 하느라 몸과 마음이 모두 탈이 난 날, 미래에 관한 걱정 때문에 정작 오늘을 제대로 살아내지 못한 날, 이런 날에 나는 어김없이 꿈을 꿨다.

꿈 안에선 모든 것을 마음대로 할 수 있으니까. 그러므로 야무지게 모든 것을 잘 해냈느냐면, 그것도 아니었다. 꿈에서는 현실이 조금 더 선명하게 반복됐다. 어떤 날은 등장인

물만 바뀌고, 내가 치르는 곤욕은 그대로인 날도 있었다. 이게 제일 잔인했다. 내가 제일 싫어하는 인물이 내가 제일 좋아하는 사람으로 바뀌어 나에게 모질게 굴면, 나는 정말이지 꿈에서 깨고 싶어 힘껏 발버둥을 치곤했다. 쉽게 말하자면 그건, 나에게 모질게 굴었던 선배가 내가 정말 좋아하는 영화배우로 바뀌는 식이었다. '단한 씨는 왜 그래요? 원래 그래요?'라는 날이 잔뜩 선 말을 선배가 아니라 내가 제일 좋아하는 천우희 배우가 뱉는 꿈을 꿨을 땐, 다음 날 아무일도 손에 잡히지 않아 꽤 고생했더랬다.

나의 꿈은 현실을 담고 있었다. 배경도, 등장인물도, 사건도 대부분 현실을 따랐다. 내가 겪지 않은 일이지만, 마치 곧 겪을 일처럼 펼쳐지는 꿈도 있었다. 그런 꿈을 꾸고 나면 몸을 사렸다. 꿈에서라도 평소 하지 못했던 말을 마구 내뱉고 시원했으면 차라리 좋으련만. 꿈에서까지 나는 어쩔 수 없는 나였다. 분명히 꿈을 꾸며 한껏 소리를 지른 것 같은데, 잠에서 깨고 나면 고요했다.

자기 직전까지 머릿속을 지배한 무언가가 꿈에 등장할 확률이 높다는 것은 대부분 알고 있는 사실일 것이다. 어렸을 때는, 이 방법을 자주 사용하곤 했다. 종일 좋아하는 아이돌 가수를 떠올려 꿈에도 등장시키는 일이 다분했다. 그렇게 자고 일어나면, 얼마 자지 못했어도 아주 달콤한 잠을 잔 것처럼 개운했다. 어느 정도 나이가 들어서는 꿈은커녕, 얼른 잠이나 자고 싶은 생각이 간절해졌다. 1분 1초가 아까웠고, 꿈을 꾼 날은 제대로 자지 못한 날이라 생각해 온종일 몸이 찌뿌둥하게 느껴졌다.

힘에 부친 어느 날에는 자야겠다는 노력도 없이 잠들었다. 꿈에서 목이 너무 간지러워서 계속 헛기침을 했다. 당시 꿈에선 나를 포함해 친구 몇몇이 함께였다. 그들 중 한 명이 나에게 말했다.

"그냥, 참지 말고 훅 뱉어 버려."

"그러고 싶은데 그게 잘 안 되는 것 같아."

"그게, 평소에도 안 해 봐서 그래."

"평소에?"

"응, 뭐든 해 봐야 아는 거야. 나 하는 거 잘 봐. 어떻게 하는 거냐면."

말을 마친 아이가 힘을 모아 무언가를 툭 뱉었다. 그것은 실을 뭉친 것처럼 보이기도 하고, 종이를 구겨 놓은 것처럼 보이기도 했다. 차마 뱉지 못했던 말이 어떠한 형태로든 굳혀져 목을 간지럽히고, 종국에는 입을 통해 나오는 것이었다. 아이는 내가 여태 하고 싶은 말을 뱉는 방법을 제대로 사용해 보지 않아서 이 방법을 쓰지 못하는 것이라고 말했다.

"하고 싶은 말을 뱉고 살아야지. 너처럼 참다간 목이 꽉 막힌다니까."

나는 목에 잔뜩 힘을 줬다. 목을 간지럽히는 무언가를 빨리 뱉고 싶다는 마음에서였다. 얼굴이 새빨개질 정도로 노력했지만, 쉽게 말이 뱉어지지 않았다. 답답한 마음에 소리를 빽 질렀다. 이 소리는 너무나 커서 분명 현실에도 영향을 끼쳤다 싶었지만, 잠에서 깨는 일은 없었다. 덕분에 나는 계속해서 무언가 뱉으려는 노력을 할 수 있었다.

마음에 맴돌다가 겨우 목구멍까지 올라와 간질거리는 말을 뱉으려 나는 허리를 숙이기도 하고, 일부러 구역질을 해보기도 했다. 아이처럼 쉽게 무언가 툭 뱉어지지 않아 속상했다. 아이가 작은 손으로 내 등을 두드려 주며 말했다.

"너 생각보다 정말 많이, 오래, 참았구나. 어떻게 살았어?"

"그냥 살았어. 살다 보니까 살아졌어."

"그러면 안 돼. 너 꽉 막혀."

나는 그 말에 답하지 않고, 단전에서부터 힘을 주어 말을 뱉으려고 노력했다. 무언가 혀에 닿는 느낌이 들었고, 나는 이때다 싶어 얼른 그것을 뱉었다. 훅 하는 소리와 함께 아까 아이가 뱉은 말보다 훨씬 더 먼 곳으로 구겨진 종이 뭉치가 날아갔다. 아이와 나는 동시에 환호를 질렀다. 이제 그 말이 무엇이었는지, 여태 뱉지 못해 나를 괴롭힌 말이 무엇인지 확인할 차례였다. 열심히 뛰어가 종이를 펼쳐 보려던 찰나, 잠에서 깼다. 분명 빼곡하게 적힌 글씨가 있었는데 말이다.

　잠에서 깬 나는 조용히 내 목을 만져 보았다. 작은 종이 뭉치가 만져지는 것 같기도 했다.

나를 감싸던 막이
깨져 버린 기분

누군가 내 일기를 훔쳐본 적이 있었다. 책들 사이에 교묘하게 잘 숨겨 놓았는데, 누군가 그것이 '일기'라는 것을 알아챈 듯했다. 나는 곧장 내가 쓴 일기를 훑어보았고 그것이 그저 아무 의미 없는 어느 하루의 기억, 단순한 푸념들로 가득하다는 것을 직접 확인했다. 곧바로 속상해졌다. 누가 내 일기를 훔쳐봐서 속상한 것이 아니라, 내 일기를 훔쳐본 사람이 나를 그저 매일 매일을 후회하고 자책하며 살아가는 이로 생각할까 봐 속상했다.

처음에는 화가 났고, 나중에는 슬펐다. 나는 한 번 쓰고는 절대 읽지 않는 나의 일기를 처음부터 끝까지 다시 읽었다.

읽고 나서는 모든 것을 포기하고 싶었다. 일기에 쓰인 문장에는 수많은 우울과 힘듦과 좌절과 서글픔이 잔뜩 묻어 있었다. 그로 인해 불쑥불쑥 고개를 내미는 생각들은 내가 원치 않는 순간에도 기어이 나와 시선을 맞췄다. 대부분, 막막하고 깊고 어둡고 바닥의 먼지를 잔뜩 덮어쓴 것들이다. 새벽이 되면 자주 막막했다. 잠이 들기 전에는 다음 날의 활기찬 나를 기대하지만, 아침 해가 뜨면 나는 또 어제와 같은 사람이 되었다.

일기에는 늘 같은 말이 쓰였다. 그럴수록, 일기장이 더 무거워지는 것 같은 느낌이 들었다. 해야 할 일의 목록은 자꾸만 미뤄져 다음 칸에 똑같이 쓰였다. 나는 나에게 너무나 관대했다. 나의 게으름을 정면으로 보면서도 피하거나 그것을 바꾸려 하지 않았다. 이대로라면 내가 원하는 목표를 가진 사람이 되지 못할 것이란 마음의 불안이 파도가 되어 나를 덮쳐 올 때도 나는 묵묵히 젖기만 했다.

사실, 나는 일기를 쓰고 싶지 않았다. 오늘처럼 썼던 것을 다시 읽으며 자신을 평생 후회만 하고 살아온 사람 취급할까 두려웠기 때문이다. 일기를 고쳐 쓸까? 아니면 다 지워 버릴까? 찢어 버릴까? 태워 버릴까? 고민하다가도, 말끔히 지우지 못한 채 그대로 버린 일기장을 누군가 주워 들고 편히 읽어 버릴까 걱정되어 아무것도 하지 못했다. 일기장을 종이를 모으는 폐지함에 넣기에는 내키지 않았다. 일기장은 일기장만 버려질 수 있는 곳으로 가야 하지 않을까? 사람들은 오랫동안 쓴 일기장을 대체 언제까지 품고 있는 걸까? 어떻게, 아무에게도 들키지 않고 그것을 잘 품어 낼 수 있는 걸까?

일기장을 버리고 싶다고 생각했다. 버린 후에 영영 일기를 쓰지 않으면 좋지 않을까 싶었다. 내가 쓸 수 있는 가장 솔직한 글이 태어날 것이 두려웠다. 그러나 그와 동시에 이런 생각도 들었다. 원래 일기가 그런 거 아닌가, 하는. 수많은 비밀과 푸념과 하소연과 눈물이 하나의 문장이 되어 쓰이는 것이 바로 일기가 아닐까 하는 생각. 나는 일기를 쓸 때 제일 솔직해질 수 있었다. 단 한 줄을 쓰더라도 막힘없이 써 내려갈 수 있었다. 그것은 온전히 사실만을 쓰는 글이었기 때문이다. 내가 무엇을 먹었고, 어떤 생각을 했는지에 대해 일기장 안에서는 거짓말을 할 필요가 없었다.

일기를 쓰지 않기로 했지만, 나는 나와의 약속을 잘 어기므로. 얼마 전부터 다시 일기를 쓰기 시작했다. 일기의 주제는 예나 지금이나 한결같았고, 쓰는 순간에는 최고로 솔직했으며, 누군가 이것을 읽게 될까 두려움에 떠는 것까지 완벽했다.

무엇도 채울 수 없는
허함에 대하여

글을 쓰려는데 배가 고팠다. 정확히 자정이다. 무엇을 먹기에는 너무 늦은 시각. 지금 무언가를 먹었다간 소화를 시키는 시간까지 포함해 정말 늦게 침대에 눕게 될 것이고, 그러면 또 그렇게 부른 배를 부여잡고 불편한 상태로 잠이 들 것이었다. 아침에는 어제 먹은 음식의 여파로 얼굴이 팅팅 부어 있을 것이 분명했다. 여러모로 따져 보았을 때, 무언가를 먹는 것은 지극히 손해로 느껴졌다. 먹고 안 먹고의 차이는 이렇게나 크다.

나는 나를 찾아온 배고픔을 '거짓'이라 생각했다. 정말 배가 고픈 것이 아님에도, 스스로 진짜 배가 고프다고 느끼게 하는 교묘한 감정이라 치부해 버리는 것이다. 실제로 배고 픔에는 종종 '거짓'이란 이름이 붙기도 한다.

'거짓'이란 이름을 단 것은 왜 그렇게 다들 교묘할까? 하얀 거짓말, 선의의 거짓말 같은 단어로 인해 우리는 때론 그것을 아주 괜찮은 것으로 착각하기도 한다.

최근 느낀 '거짓'에 관해 써 보겠다. 나는 최근 '거짓 외로움'을 느꼈다. '거짓 배고픔'과 똑같은 원리다. '거짓 배고픔'이 정말 배가 고프지 않은데 배가 고프다고 느끼는 것이라면, '거짓 외로움'은 정말 외롭지 않은데 외롭다고 느껴 사람을 마구 만나게 만드는 것 또는 그 행위를 통해 순간 충만하다고 느끼지만 결국 집에 돌아와 허무함을 느끼는 것, 정도가 되겠다.

'거짓'은 교묘하다. 나는 친구들을 만났을 때 충만함을 느끼지만, 곧 시들어 버린다. 그렇게 열심히 논 것도 아닌데, 그냥 카페에 앉아서 몇 마디 나누거나 맥주 몇 잔 먹었을 뿐인데, 무언가에게 전체적인 에너지를 다 빼앗기고, 보상으로 허무함만 잔뜩 얻은 것 같은 기분을 느꼈다. 친구들을 만나 마음을 채울 수 있다고 믿었는데, 채우고 있다고 생각했는데, 이토록 빠르게 집으로 가고 싶단 생각을 하다니. 정녕 나는 '거짓 외로움'을 느꼈던 것일까?

외로움이나 배고픔이나 다양한 '허함'을 가져온다. 여기서 '허함'이라는 것은, 마음이 텅 빈 것처럼 느껴지는 상태다. 마음이란 것은 참 신기하다. 어떨 때는 무거워 어쩔 줄 모르게 하고, 꽉 들어차 답답하게 만들면서, 또 어떨 때는 언제 그랬냐는 듯 순식간에 허해진다. '허함'이라고 하니 또 쓰고 싶은 것이 생각났다.

나의 마음에는 아주 깊은 공허의 바닥이 있다. 가까운 이들을 떠나보내고 난 후부터 생긴 구멍인데 쉽게 메워질 기미가 보이지 않는 곳이다. 그들과 나의 사이는 각별했다. 나는 한순간 사라진 그들이 이 세상 어딘가에 집을 짓고 아무렇지 않게 잘살고 있으리란 생각으로 하루를 버티곤 했다. 사람은 누구나 왔다가 간다. 영생을 바라는 사람이 있는 반면, 한순간에 생을 마감한 사람도 있고, 내가 가진 속도를 그대로 밟으면서 살아감을 택하는 사람도 있다. 마음에 공허한 바닥이 생겨나고 난 후부터, 나는 '죽음'이 늘 나의 가까이에 있다고 느꼈다. 극단적인 생각을 이어간 것이 아니라, 그저 '죽음'이라는 것이 멀리 있고 아직 나와는 전혀 관계없다고 생각하지는 말아야겠다고 여긴 것이었다.

떠난 사람은 떠난 사람이고, 남은 사람은 남은 사람이니 이 아픔과 허함을 잘 견뎌야 할 텐데. 아픔을 잘 견뎌 내는 방법, 시간을 잘 버티는 방법 따위 잘 모르는 나는 시종일관 아파하고, 울고, 힘들어했다.

그러한 행위는 공허의 바닥을 조금씩 메우는 것에 도움을 주었다. 울 때는 울어야 하고, 먹을 때는 먹는 것이 좋다. 우는 것에 미안해하고, 먹는 것에 죄책감을 느끼며 남은 삶을 사는 건 바보 같은 행동이다. 잘 먹고, 잘 울고, 잘 웃고, 잘 살고, 잘 잊는 것이야말로 삶에 있어 꼭 필요한 순환의 형태가 아닐까? 어느 순간, 마음의 허함을 느껴 눈물이 툭 흘러도 그러려니 하는 것, 그것은 남은 이가 거뜬하게 이겨내야 할 부분이었다.

사람의 부재가 무서워 한동안 곁을 내 주지 않은 적이 많았다. 부재는 마음을 다 쓰기도 전에 텅 비게 만들어 버렸다. 쓰지 못한 마음은 향할 곳을 찾지 못해 애매하게 남는다. 어떤 이유에서라도 부재는 두렵고 익숙해질 수 없다. 그렇게 자리를 비워 놓으면 그 안에는 상념만 가득했다. 온갖 잡생각이 밀려드니 차라리 누군가가 말없이 들어차 앉아 있는 것이 더 좋겠단 생각을 하게 됐다.

지금은 어떤가. 다양한 '거짓'의 허함, 배고픔, 외로움 등을 수시로 겪고 있는 나는 이제 괜찮을까?

전혀 괜찮지 않다. 아직 허함을 이겨낼 방법을 모르기에.

그저 모든 것을 힘껏 받아들이려 한다. 힘껏 두려워하고, 힘껏 울고, 있는 힘껏 외로워하며 허함을 잠시나마 물리치는 방법을 익히려 한다. 또 분명, 누군가와 혹은 무엇과의 헤어짐을 경험한다면 한없이 무너지고 바닥을 구르고, 땅을 치며 울 것이다. 그러면서 비운 자리를 채우기 위한 감정의 순환을 이어가겠지. 온전히 그럴 수 있다면, 나는 더 이상 마음을 비우는 행위에 겁을 내지 않아도 될 것이라 여겼다.

우울의

어느 날

|

    동이 터오는 오전 6시. 쓰레기를 수거하는 차의 요란한 들썩임에 창문이 흔들렸다. 아침이 또 밝았다. 불면증에 시달리고 있는 나는 요즘 제때 잠을 자지 못했다. 제때 잠을 자려면 어떻게 해야 하는지 도무지 알 수 없었다. 제때 자는 것이란 무엇인지 알 수 없었다. 오랫동안 불면증과 함께 새벽을 보내는 나는 아침이 되면 모든 것이 궁금한 사람이 됐다. 자정부터 어두운 새벽, 동이 터오는 내내 고개를 내미는 수많은 물음표를 끌어안고 눈을 끔뻑인 탓이다. 오랫동안 궁금해하던 것에 대한 답은 쉽게 찾아오지 않았다. 나는 궁금한 채로 깨어 있고, 궁금한 채로 잠들지 못했다. 지나간 일

이 자꾸만 떠오르고 떠오른 일은 쉽게 가라앉지 않았다. 깊고 넓은 바닷가에 둥둥 떠 있는 스티로폼 쓰레기나 부표처럼 그것은 존재감을 드러내며 계속 떠오를 뿐이었다. 억지로 가라앉게 할 수 없는 것들이다.

　발끝을 쭉 뻗으면 강아지의 따끈한 엉덩이가 발등에 닿는다. 강아지는 잘 자고 있다. 나는 강아지라도 잘 자서 다행이라고 생각한다. 자꾸만 침대로 가라앉는 몸을 일으켜 반대쪽으로 누워 본다. 강아지의 등에 얼굴을 묻고 잠시 숨을 쉰다. 나 때문에 잠을 깬 강아지는 몸을 뒤척이고, 온몸으로 귀찮은 티를 낸다. 그래도 나는 몸을 일으킬 생각이 없다. 잠을 자지도 않았으면서, 깨고 싶지 않다고 생각한다.

　다른 방에서 알람이 울린다. 알람은 꽤 오랜 시간이 흐른 후에야 소리를 잃는다. 그 후로도 알람은 분 단위로 계속 울린다. 알람이 소리를 잃는 속도가 점점 빨라진다. 곧, 또다른 방에서도 알람이 울린다. 가족들이 각각의 방에서 힘겹게 몸을 일으키는 소리가 들린다. 나는 그대로 누워 있다. 밝아 오는 아침의 기운을 외면한 채. 계속 눈을 감고 있다. 나는 아직 밤이야. 나는 아직 못 잤으니까. 원래 잠은 밤에 자는 건데, 나는 못 잤으니까. 하지만, 감은 눈의 어둠은 완벽한 밤이 되어 줄 수 없었다.

물소리가 들린다. 몸을 씻고, 말리고, 무언가를 마시고, 소리를 내고, 잠을 쫓는 소리가 고스란히 들려 온다. 나는 가만히 눈을 감은 채 곳곳에서 들리는 소리에 귀를 기울인다. 제때 잠을 자지 못한 나는 아침이 버겁다. 누워 있는 나의 옆으로, 뒤로, 위로, 바쁜 발걸음이 지나다니지만 나는 아직 하루를 시작하기 어렵다. 잠을 자지 못했기 때문이다. 자고 일어나야 하루가 시작되는 건데. 나는 아직. 나만 아직. 그러는 동안 아침이 시작되었다. 나는 꾸지도 않은 어떤 꿈을 더듬다가 눈을 감고 나만의 밤을 찾는다.

내일은 건강한 아침을 맞아야지. 내일은 일찍 일어나서 조금 더 분주하고 조금 더 밝고 조금 더 활기찬 아침을 맞아야지. 매번 다짐한다. 아침 일찍 창문을 뒤흔드는 쓰레기차가 다짐까지 수거해 가는 줄도 모르고 나는 중얼거리다 지쳐 잠이 들었다.

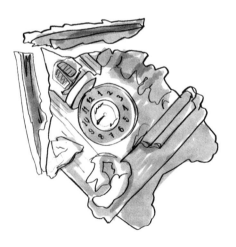

지나간 것은
지나간 그대로

'지나간 것'은 그저 '지나간 것'이라고 생각하게 될 때까지 참 많은 날이 필요했다. 내가 살아갈 날이 얼마나 많이 남았는지 알 수 없다. 다만, 살아온 날에 관해서는 말을 얹을 수 있다. 나는 살아오면서 다양한 이를 만났고, 일을 겪었고, 무언가를 해내고 실패하고, 포기하고, 다시 도전했다. 이러한 일을 무궁무진하게 겪으면서, 나는 그때의 기억이랄 것을 쉽게 꺼내 볼 수 있도록 하나하나씩 감정의 이름표를 써 붙였다. '지나간 것'은 그저 '지나간 것'이라지만, 어떤 감정은 나에게 '지나간 것' 이상의 무언가를 남기기도 했다. 쉽게 식지 않는 어떤 감정은 가슴에 얹힌 불덩이 같기도 했다.

"지나간 것일 뿐이잖아. 왜 자꾸 의미를 부여해?"

누군가가 나에게 말한 적이 있다. 나는 그때 한참을 고심하다 답했다. 그냥 스친 것이 아니라, 나를 통과해 지나간 것이기 때문에 몸에 여러 흔적이 남아 쉽게 잊을 수가 없다고. 또 누군가는 나에게 말했다.

"가끔 그런 생각이 들어. 책을 읽는 게 사는 거랑 비슷하다는 생각 말이야. 나는 되도록, 많은 걸 기억하고 싶거든. 근데 책을 다 읽고 나면, 그게 온전히 기억에 남지 않는단 말이지. 그게 너무 허탈해서 사는 것도 꼭 그렇지 않나 싶은 생각이 들었어. 기억하고 싶은 건 곧잘 잊어버리고, 터무니없는 것만 자주 생각나는 게 슬퍼."

고개를 끄덕였다. 공감되는 부분이 있었다. 나 역시, 책 읽는 것을 꽤 좋아하고, 매번 책을 덮었다가 다시 펴는 순간 그전에 읽었던 모든 내용이 머릿속을 휘감길 바라는 사람이었다. 하지만, 대부분은 전에 읽었던 것을 다 기억하지 못하여 다시 그전 페이지를 뒤적거리거나, 다시 처음부터 읽는 일을 반복한다. 그때는 참 아이러니하게도, 분명 읽었을 구절임에도 불구하고 모든 것이 낯설고 새롭게 느껴졌다.

처음에는 나도 그런 생각을 했다. 모든 것을 기억하지 못하는데, 왜 시간을 들여서 책을 읽을까 하는 생각. 그런데 그것은 잊히는 것이 아니었다. 그것은 어찌 되었건, 다양한 형태로 우리의 몸에, 눈에, 손톱에, 입에, 혀에 묻는다. 그러므로, 우리는 잠시 그것을 잊을 때도 있지만, 어떤 순간에는 '내가 책에서 봤는데!'라든지, '그런 이야기도 있잖아!' 하며 어렴풋이 떠오르는 문장을 읊기도 하는 것이다. 그게 바로 내가 읽었던 것이 몸에 자연스레 새겨졌단 증거다. 그러므로 우리는 그것을 잊는 게 아니다.

　나는 '지나간 것'을 토대로 나를 자주 탐험한다. '지나간 것'은 나에게 다양한 것을 준다. 똑같은 상처가 생기지 않게 몸을 사릴 수 있도록, 또 한 번 함정에 빠지더라도 전보다는 빠르게 그곳을 빠져나올 수 있도록, 내가 겪는 모든 감정에 조금 더 의연한 모습을 보일 수 있도록 도와준다. 그러므로, 나는 '지난' 상처를 토대로 나만의 가이드를 만든다고 볼 수 있다. 우리의 마음속에는 각자의 모습과 닮은 미니미 가이드가 살고 있을 것이다. 마음의 어느 곳에 쌓인 쓰레기 산이 와르르 무너지면, 가이드는 이렇게 말할 것이다.

　"지금 몸의 주인이 쌓은 감정 쓰레기 산이 무너졌습니다! 제때 버리지 못한 마음은 쌓이고 쌓여 하나의 산이 되는데요. 꾹꾹 누르기만 하면, 이렇게 무너지게 마련입니다. 제대로 배출할 방법을 찾아 산을 다듬고, 마음의 방을 정리해 주어야 올바르게 살아갈 수 있어요! 산사태가 잦아들 때까지 물러서 있겠습니다.”

또 어떤 날은 엄청난 폭포 앞에서 이런 이야기를 들을지도 모른다.

“몸의 주인이 슬픈 것 같습니다. 쌓였던 감정이 폭발해 엄청난 눈물이 흐르고 있네요.”

마음에 쌓인 것은 대체로 ‘지나간 것’이다. 그것이 오래 마음을 짓누르고 있으면 분명 자국이 생길 것이다. 그렇게 파인 공간은 ‘상처’라는 이름으로 불린다. 마음을 제때 비우지 못하고, 정리하지 못하면, 그것은 오랫동안 ‘상처’일 수밖에 없다. 생각을 달리해 보면, ‘지나간 것’이 무조건 쿰쿰한 냄새를 풍기며 우리에게 좋지 않은 ‘상처’만 남기는 것은 아니다. 우리는 그 ‘상처’를 햇빛에 잘 말려 단단하게 만들거나, 가끔 들여다보며 이미 지난 무언가를 ‘추억’하도록 남겨 둘 수도 있다.

두려워하면 움츠러들고, 움츠러들면 작아진다. 잔뜩 작아지면 그만큼 나의 세상은 더 줄어들게 마련이다. 무릎을 끌어안은 채, 주변을 둘러보면 나의 세계의 경계선이 보인다. 좁디좁은 세상에서 산다면, 당연히 외로울 수밖에 없다. 나는 나의 세계를 조금이라도 더 넓히고자, ‘지나간 것’을 한

쪽에 잘 모아 두거나, 제때 버리는 행위를 택한다. 새로운 것이 편히 자리 잡을 수 있도록 돕는 것이다. 조금씩 영역을 넓히고, 나의 영역에 들어온 새로운 풀과 나무와 감정이 무성히 자라고 있는지를 보는 것은 분명 기쁨일 테다.

'지나간 것'과 함께 자란 어떤 것은, 다양한 씨앗을 만들기 충분하다. 무언가를 하고자 하는 생각과 해야 한다는 책임감은 우리 마음의 바닥에 잔뜩 깔려 있다. 우리는 새로운 곳에서 원동력을 얻을 필요가 없다. 내가 일어서기 위한, 나의 영역을 넓히기 위한 모든 것은 '지나간 것'에 있다. 움직일 동기를 얻는 것, 그러면서 한 뼘 더 세상을 넓히는 것은 절대 어렵지 않다. 나에게서 샘솟는 의외의 용기는 모두 '지나간 것'을 토대로 다져진 결과물이 아닐까? 그러니, 가끔 뒤를 돌아보며 내가 잘 걷고 있는지 확인하는 것도 나쁘지 않을 것이다.

밥 먹을 때마다
울던 아이

밥 먹을 때마다 우는 아이가 있었다. 그 아이가 우는 이유는 아무도 몰랐다. 아이는 서럽게 울었고, 눈에서 뚝뚝 떨어지는 눈물은 조금의 망설임도 없이 기껏 받아온 국이며 밥 위에 툭툭 떨어졌다. 나는 아이가 왜 우는지 알고 싶었으나, 선생님의 허락이 떨어지지 않았기에 밥을 먹는 동안에는 자리에서 움직일 수 없었다.

내가 초등학생 때는 각 반으로 덜컹덜컹 엄청난 소리를 내는 급식차가 배달되었다. 국과 밥, 반찬 세 가지 정도가 들어 있는 통이 놓여 있던 급식차. 점심시간 직전의 교실에는 각 반으로 배달되는 급식차 소리가 온 복도에 울려퍼졌다. 덜컹

덜컹. 밥이 오는 소리에 설렌 아이들은 엉덩이며 몸을 들썩이곤 했다. 당시에는 고학년 선배들이 배식 봉사를 했었다. 내가 그들에게 가장 많이 했던 말은 '많이, 조금'이었다. 적당히. 알맞게. 이런 단어들을 쓰기에는 초등학교 1학년은 너무 어렸다. 나는 게걸음으로 국 앞에 도달해서 많이, 조금 주세요 하고, 밥 앞으로 가서도 많이, 조금 주세요 했다. 매일 급식 시간마다 그 말을 자동 응답기처럼 뱉었다. 어떤 날은 밥을 퍼 주던 언니가 말했다.

"'많이, 조금'이라는 단어는 없어. 많이 먹고 싶으면 많이 먹고 싶다고 말하고, 조금 먹고 싶으면 조금 먹고 싶다고 말해. 그것도 아니라면 그냥 보통으로 달라고 해."

나는 그때부터 '보통'이라는 단어를 썼다. '보통'을 말할 때마다 단호했던 그 언니의 표정이 떠올랐다. 보통은 중간, 중간은 단호한 것. 어린 나의 마음에는 누군가의 표정으로 단어가 새겨졌다. 하지만, 그 단어를 오래 사용하지는 못했다. 내가 원하는 보통과 누군가 알아듣는 보통은 너무나 달랐다. 나는 결국 조금과 많이 중 하나를 선택해야 했다.

밥 먹을 때마다 우는 아이는 그날도 울었다. 어제도 울었고, 오늘도 울었으니 아마 내일도 울 것이었다. 아이가 우는 이유를 아는 사람은 한 명도 없었다. 배식 봉사를 오는 급식소 아주머니들도, 선생님도, 그 아이의 짝도, 고학년 선배들도, 가끔 학교를 찾아와 간식을 나눠 주던 학부모들도 아이가 우는 이유를 몰랐다. 밥이 싫어서 그런가? 그러면 굳이 식판을 들고 용을 써가며 밥을 받을 필요가 없지 않나. 내 생각과 달리 아이는 매번 꿋꿋이 식판을 들고 나가 본인의 밥과 국과 반찬을 챙겼다. 그러고는 울었다. 자리에 돌아와서 식판을 책상에 올려 둔 채 서럽게도 울었다.

담임선생님은 아이의 옆에 앉아 밥을 먹지 않는 이유에 관해서 물었다. 우는 이유는 묻지 않고, 왜 밥을 먹지 않는지 물었다. 나는 선생님이 아이에게 왜 우는지를 물었다면 더 좋았을 것이라 생각했다. 그러면 아이는 대답해 주지 않았을까? 밥만 보면 우는 이유를. 점심시간이 끝나면 아이의 식판은 아이가 아닌 다른 누군가가 가지고 갔다. 담겨 있던 밥은 그대로 버려졌다. 아이는 숟가락을 들지 않았다. 밥은 새 것 그대로였다.

아이는 다른 시간에는 울지 않았다. 공부도 꽤 열심히 하고, 수업 참여도 좋았다. 아이는 곧잘 웃기도 했고, 친구들의 장난에 행복하게 반응하기도 했다. 그런데 밥을 먹을 시간만 되면 울었다. 나는 그 이유가 너무나 궁금해 아이에게 다가갔다. 급식이 막 시작되었을 무렵이었다. 책상에 가만히 앉아 있던 아이가 나를 바라보며 말했다.

"너도 나한테 왜 우냐고, 왜 아깝게 밥을 안 먹냐고, 또 다 버릴 거냐고 물을 거지?"

아이의 눈에는 벌써 눈물이 한가득 달려 있었다. 오늘 아이가 운다면, 아이가 밥을 놔두고 우는 이유는 바로 나 때문일 것 같았다. 나는 고개를 저었다. 나는 정말로 아이에게 그런 식으로 물어볼 생각은 없었으므로 진심으로 고개를 저었다. 아이는 코를 훌쩍이며 나를 보았다. 나는 어깨를 으쓱이며 말했다.

"이따 밥 다 먹고 그네 타러 가자고 말하려고 했는데."

나의 말에 아이는 천천히 고개를 끄덕였다. 나는 다시 힘주어 말했다. 밥 다 먹고 그네 타러 가야 한다고. 아이는 다시 고개를 끄덕였다. 나도 같이 고개를 끄덕인 다음, 급식차로 다가섰다.

그날 처음으로 아이는 숟가락을 들었고 밥을 딱 한 숟갈만 먹고 내려놓았다. 울지는 않았고 훌쩍였다. 나는 일부러 밥을 늦게 먹었고, 나를 힐끔힐끔 쳐다보며 내가 일어나는 순간만 기다리던 아이가 입에 한 숟갈을 더 넣는 것을 보고서야 자리에서 일어났다. 아이가 밥을 앞에 두고 울던 이유는 끝내 물어보지 못했다. 당시에는 지나간 일보다 당장 그네 타기가 더 재미있었기 때문이었다.

그 이후에도 밥을 앞에 두고 우는 사람을 종종 봤다. 김밥집부터 시작해서 분식집 혹은 술집에서도 홀로 술잔을 기울이며 우는 사람을 많이 보았다. 나는 무언가를 앞에 두고 우는 사람을 볼 때마다 그 아이를 떠올렸다. 그들과 아이의 공통점은 대체 왜 우는지 전혀 짐작할 수 없다는 것이었다.

5년 동안의 타향살이를 끝내고 집으로 내려온 날, 나는 집 근처 국밥집에서 돼지국밥을 먹었다. 울고 싶은 마음이 가득했지만, 애써 울지 않았다. 이미 너무 많이 울었으니 여기서는 울고 싶지 않았다. 국밥을 전투적으로 먹고 있는데 누군가 흐느꼈다. 훌쩍이는 소리를 듣고 나는 아주 잠깐 내가 우는 줄 알았다. 눈물은 늘 갑작스러우니까. 나는 얼른 휴지를 뽑았다. 눈물의 출처가 내가 아니라는 것은 휴지를 눈에 대자마자 알았다. 메마른 나의 눈이 향한 곳은 나와 대각선 자리에 앉아 있는 중년 남성의 테이블이었다. 남자는 오전 여덟 시부터 소주를 마시고 있었다. 그는 울고 있었다. 그는 울면서 국밥을 먹고, 소주를 마시고, 또 울었다.

나는 다시 식사에 집중했다. 직원 아주머니들이 틀어 놓은 아침 드라마에서도 누가 울고 있었다. 우는 소리가 국밥집을 꼼꼼히 채웠다. 아주머니들은 우는 이들을 신경 쓰지 않

았다. 혀를 차지도 않았다. 쳐다보지도 않았다. 나는 그릇을
깨끗이 비우곤 온갖 애환이 담긴 묵직한 가방을 들고 국밥
집을 나섰다. 국밥집을 나서면서 나는, 우는 사람을 옆에 두
고 밥을 먹는 건 우는 것보다 힘든 것 같다고 생각했다. 그
리고 더는 궁금해하지 않기로 했다. 가끔은 나조차 내가 왜
우는지 알 수 없을 때가 많으므로. 왜 우냐는 물음은 세상에
서 제일 부질없을지도 모른다.

Part 2

○

비우고
버려도
남아 있는

어떤 것은
가장 밑바닥에 있다

꽃이 피는 시기는 각각 다르다. 능소화는 6월이 절정이란다. 누군가와 함께 걸으며 어느 집 담벼락에 흐드러지게 핀 능소화를 본 기억이 난다. 오묘한 색상과 완벽한 자태는 어떤 식으로든 우리를 웃게 만들기 충분했다.

얼마 전, 뉴스를 보았다. 사는 곳과 그리 멀지 않은 곳이 나왔다. 그곳은 능소화로 유명했다. 담벼락을 타고 열린 나무, 그 끝에 매달린 능소화가 활개를 치는 모습을 볼 수 있는 곳이었다. 6월이니 한창 예쁜 꽃이 필 시기였을 것이다. 하지만, 뉴스에 나온 모습은 달랐다. 만개한 꽃이 아니라 마치, 어느 노인의 헝클어진 머리카락과 같은 자태가 화면을 가득 채웠다. 뉴스를 함께 보고 있던 나와 가족은 그 스산함에 잠시 말을 잃었다.

누군가가 나무의 밑동을 잘랐다고 했다. 단단한 나무의 밑동을 자르려면 적어도 톱과 같은 도구가 있어야 하니, 이것은 계획적인 범행이 분명했다. 뿌리를 내린 나무의 밑동을 자르고, 다시는 일어나지 못하게 독한 제초제까지 가득 들이부었다는 범인의 행동은 쉽게 이해할 수 없었다. 대체 누가. 대체 왜. 능소화나무를 가꿨던 주인은 범인을 잡기 위해 현수막까지 내걸었지만, 어떤 실마리도 찾을 수 없었다. 사건은 여태 풀리지 않은 채 미제로 남았다.

시에서는 본래 있던 것과 비슷한 크기의 능소화나무 복원을 준비 중이라고 했다. 시간이 지나면 다시 만개한 능소화꽃을 볼 수 있을 것이란 말에 많은 사람들이 기뻐했다. 그 소식에 나도 물론 기뻤지만, 차마 크게 웃을 순 없었다. 쓸쓸하게 남은 나무 밑동의 이미지가 머릿속에 깊숙이 자리한 탓이었다.

그즈음, 나의 마음의 밑바닥에는 뿌리를 내린 작은 나무 한 그루가 있었다. 나무에서 열리는 감정은 제각각이었지만, 나의 마음에서 솟아오르는 무언가를 양분으로 삼아 꽃과 열매를 틔워 낸다는 것에는 공통점이 있었다. 나무는 한동안 쑥쑥 자랐다. 마음의 밑바닥에 자리한 각종 감정과 순간을 먹고 자란 나무는 가지를 여러 곳으로 뻗치기도 했다.

언제까지고 비옥할 것만 같았던 마음이 여러 이유로 메마르기 시작한 순간부터 나무는 밑동부터 서서히 말랐다. 제초제가 가득 스며든 땅에서 나무가 사람에 필요한 양분을 끌어올릴 수 없듯이, 마른 나의 마음 밑바닥에 뿌리를 내린 나무 역시 충분한 양분을 얻을 수 없었다. 그러니 쓸쓸한 능소화나무의 밑동을 보며 내 마음에 심긴 나무의 밑동을 떠올리는 건 아주 자연스러운 일이었다. 나는 나의 마음의 밑바닥에 무엇이 있는지, 무엇이 나무를 자라게 했는지, 또 지금은 무엇이 나무를 말라가게 하는지를 알기 위해 허리를 숙였다. 흡사, 떨어진 물건을 줍듯 잔뜩 허리를 숙여 이리저리 둘러보는 과정 안에서 나는 나에게서 파생된 다양한 감정이 마음의 밑바닥을 구르고 있다는 것을 알았다.

적어도 나의 마음의 바닥을 구르는 것이 무엇인지, 내가 어떤 것을 품고 사는지는 다른 누구도 아닌 내가 아는 것이 중요했지만, 나는 흐드러진 감정의 꽃이 잔뜩 열렸다가 시들어감을 반복하는 과정을 오래 들여다본 적이 없었으므로 매번 마음을 돌볼 시간을 놓쳤다. 그러니 시들어간 꽃이 바닥으로 떨어져 묻히고 썩힘의 과정을 통해 또 다른 나무를 키울 충분한 양분이 될 수 있다는 사실도 모르고 지냈다. 완벽한 순환의 과정을 제대로 돌보지 않은 탓에, 나무는 다시 처음으로 돌아가 새롭게 자라날 나무를 든든히 받쳐 줄 그 어떤 풍만함도 지니지 못했다. 내 마음에 지독한 제초제를 뿌린 사람은 다른 누구도 아닌 바로 나였다.

나무 하나가 자라기 위해선 여러 도움이 필요하다. 건강한 땅, 따스한 빛, 때맞춰 불어오는 바람, 달게 느껴질 비와 같은 것이 조화를 잘 이루어야 한다. 마음의 나무를 키우는 일에도 이러한 도움이 필요하다. 더 지치기 전에 적당히 볕을 쬐러 나가거나, 불어오는 바람을 힘껏 들이마시는 일은 무조건 필요하다.

모든 것이 바닥으로부터 시작함을 나는 뒤늦게 깨달았다. 바닥으로 몸을 바짝 붙이는 일은 그저 무너짐의 한 형태라고만 생각했다. 어떤 것은 가장 밑바닥에 있다. 바닥이 울렁이지 않고 하나의 뿌리를 품을 수 있을 만큼 단단하게 만들려면, '제때' 마음을 다지는 일이 필요한 것이다. '제때' 감정을 표현하고 느끼는 것으로 우린 우리의 마음을 조금 더 풍족하게 만들 수 있다. 제때 밥을 먹는 일, 제때 사랑을 이야기하고, 제때 잘못을 고하는 일. 이 모든 것이 바닥을 단단히 만들면, 우리는 그곳에 감정의 뿌리를 내려 내 안의 중심을 잘 잡을 수 있을지도 모른다.

　나를 자라게 하는 어떤 것은 가장 밑바닥에 있으니, 가끔
은 우악스럽게 몸을 구겨 나의 바닥이 잘 영글고 있는지 확
인하는 일이 꼭 필요하다.

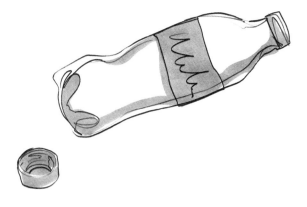

'콜라'만 보면
자꾸 네가 떠오른다

길을 걷다가 콜라 페트병을 봤다. 네가 콜라를 마시는 모습을 본 적이 없고, 나 역시 너의 앞에서 콜라를 이용해 기억에 남을 만한 짓을 한 적이 없지만, 그저 '콜라'라는 단어 하나로 나는 너와 처음 만났던 순간부터 마지막 순간까지를 아주 빠르게 훑었다. 내가 아니라, 내 생각이, 내 안의 뭔가가 그렇게 했다.

그러면서 생각한 것이다. 우리는 어쩔 수 없이 연결되어 있다고. 앞선 문장에서 '우리'는 우리 모두를 뜻한다. 나와 너, 너와 그, 그녀와 나, 그녀와 너, 너와 너. 불어오는 바람에서, 흐르는 물에서, 뜬금없이 코에 닿는 어떤 향기에서, 노래에서 조차도. 이렇게 불쑥불쑥 튀어나오는 어떤 기억을 우리는 끊임없이 무찌르며 살아간다.

　내가 콜라를 보고 생각한 건 홍이었다. 홍은 아주 어렸을 적부터 나와 아는 사이였다. 홍이 집의 생계를 책임질 필요가 없던 초등학생 때, 우린 처음 만났다. 홍은 늘 같은 옷을 입고 다녔다. 홍은 신발주머니를 챙겨 다니지 않고, 실내화나 신발을 손에 들고 다녔다. 왜 그렇게 들고 다니냐며 근처 슈퍼 아주머니가 검은 봉지를 챙겨 주셔도 그때뿐이었다. 소문에는 동생이 아주 많다고 했다. 부모님도 바쁘셔서 홍은 거의 외톨이라고 했다. 홍은 교실에서 늘 말이 없는 아이였다. 그렇게 온종일 말이 없던 아이가 나에게 말을 걸어왔다. 그때만큼은 아직 서로의 이름을 부를 만큼 친하지 않을 때였다. 나는 경계심이 가득한 눈으로 아이를 훑었다. 홍이 말했다.

　"비밀인데, 나 큰일 났어. 저기 슈퍼에서 젤리를 훔쳤어. 전부터 너무 먹고 싶었거든. 근데 돈이 맨날 없으니까 먹을 수가 없었어. 오늘은 마침 아줌마가 없길래 그냥 주머니에 넣고 뛰었어. 어떡하지?"

　그러면서 홍은 주머니에 있는 젤리를 꺼내 들었다. 나는 속으로 경악을 금치 못했다. '이제 겨우 여덟 살인 나의 인생에 도둑이 등장하다니! 도둑이 나에게 도움을 청하다니! 가까운 경찰서가 어디더라…….'까지는 오버고, 나는 아무 말도 하지 못했다. 홍에게 어떤 말을 해야 할지 판단이 서질 않았기 때문이다. 도둑질은 나쁜 것이라고 숱하게 배울 나이였다. 그러니, 솔직히 말해서 고민할 필요는 없었다. '너는 나쁜 아이야! 도둑놈!'이라고 소리치며 홍을 밀치고 집으로 향하면 그만이었다. 어차피 홍과 나는 친하지 않으니까 다음 날 학교에서 민망한 일이 일어날 것 같지도 않았다. 홍은 홍대로 나는 나대로 살면 그만이었다. 그러나, 한참을 발밑에 있던 모래만 툭툭 차던 내가 말한 것은 여태 했던 생각을 뒤집는 것이었으니.

"그거 맛없어. 다른 거 사 먹자."

정말이다. 난 정말 저렇게 말했다. 홍에게 이야기를 한 후 다음 상황을 간단하게 설명하면 이렇다. 어리둥절한 표정의 홍을 남겨 두고 여덟 살의 단한은 슈퍼로 향한다. 홍이 단한을 따라나선다. 단한은 홍의 손에서 젤리를 빼앗아 원래 있던 자리에 둔다. 슈퍼 주인아주머니가 천천히 가게 안쪽의 방 안에서 나온다. 그리고 단한이 제일 좋아하는 콜라 맛 젤리 두 봉지를 손에 쥔다. 정확하게 계산을 마친 후, 슈퍼를 나서며 한 봉지를 홍에게 선사한다. 집으로 걸어가는 내내 홍과 단한은 젤리를 와구와구 먹는다……. 와구와구. 와구와구.

홍은 커서도 젤리를 좋아했다. 젤리를 와구와구 씹으면서 자주 그때의 이야기를 꺼내곤 했다.

"욕을 하거나 다음 날 친구들한테 소문을 내도 모자랄 판에 그거 맛없는 거라고 다른 거 사 먹자고 할 줄이야."

그러면 내가 말했다.

"내 나름의 위로 방법이었던 거지."

그러면 홍은 또 답했다.

"안다. 느껴졌다. 진짜로."

그렇게 콜라 맛 젤리를 나눠 먹은 이후로 우린 단짝이 되었다. 서로의 말이라면 무조건 들어 주었고, 믿어 주었다. 우리는 어린 시절 그런 비밀과 상황을 함께 공유했다는 것만으로도 한없이 친해질 이유가 충분했다. 커가면서 자주 만나지 못했지만, 최대한 서로를 마주하고 각자가 놓인 상황을 공유하려고 노력했다.

사실, 홍은 매일 바빴다. 일하지 않는 날이 없었다. 쉬는 날도 없었다. 정말로 일만 하려고 태어난 사람 같았다. 조금 쉬라고 이야기를 하면, 뭘 가릴 처지가 아니니까 그렇다며 어색하게 웃었다.

그러던 어느 날, 정말 오랜만에 만난 날에 대뜸 홍은 나에게 아무렇지 않은 표정으로 손가락이 잘렸노라 말했다. 그때 홍의 양손은 주머니에 있었으므로 나는 그 말을 믿지 않았다. 대신 장난도 상황을 봐 가면서 하란 말을 했다. 우리가 한동안 보지 못해서, 그래서 엉뚱하게 장난을 치는 거라면 여기서 그만하란 말도 했던 것 같다. 홍은 쓰게 웃었다. 슬며시 주머니를 빠져나온 왼손 두 번째 손가락은 정말 반이 어디로 가고 없었다.

"보기 흉하제."

사고는 순식간이었다고 했다. 공장 일이 끝나자마자 바로 할 배달 아르바이트의 출근 시간을 잘 맞출 수 있을까 걱정을 하다가 기계 틈에 손을 찧어, 이렇게 된 것이라고 했다. 나는 아무 말도 하지 않았다. 대신 홍이 많은 말을 했다. 무슨 말을 했는지는 잘 기억나지 않는다. 이 와중에도 일을 두 가지나 하지 못하게 되었다며 풀죽은 목소리를 뱉었고, 나는 그 목소리를 듣기 힘들어했던 것만 아주 어렴풋이 기억난다.

무너지는 집안을 한 손으로 받치며 밤낮 가리지 않고 일하는 친구는 홍 말고도 많았지만, 홍은 좀 특별한 축에 들었다. 홍은 나아지는 것 없이 계속 나빠지기만 했다. 그래도 홍은 꿋꿋하게 살았다. 끊임없이 버텼다. 어릴 때나 지금이나 하나도 변하지 않은 푸근한 미소를 보이면서.

홍이 혼자 살았던 집은 가구가 하나도 없는 그저 네모난 곳이었다. 홍은 뭐든지 아꼈지만, 내 앞에서는 그러지 않았다. 아끼다 똥 된다는 나의 말에 똥이 되기 직전이었던 보일러를 틀어 주었고, 아끼며 먹던 라면을 몇 봉지나 뜯어 거하게 끓여 주었다. 네모난 칸 안에 나란히 누워 아무것도 없는 누런 천장을 바라보면서 우린 가끔 미래에 관한 이야기를 나눴다. 홍은 아주아주 잘생긴 남자와 결혼하고 싶다고 했다.

"아주아주 잘생긴 남자는 대체 얼마나 잘생긴 남잔데?"

"가만히 보고 있으면 모든 근심과 걱정 그리고 분노가 다 사라지게 만드는 얼굴을 가진 남자. 그런 남자가 바로 아주아주 잘생긴 남자야."

나는 홍을 보며 그런 남자가 어디 있냐고, 꿈 깨라는 이야기를 했다. 홍은 천장을 보며 몸을 들썩이고 웃었다. 어딘가에 있을 거라고, 자신과 인연인 사람이 분명히 있을 거라고, 그렇게 생각하며 살아가고 있다고. 그런 상상 정도는 돈 드는 거 아니니까 해도 되는 거 아니냐고. 말하면서도 우린 웃음을 멈추지 못해 한참을 들썩였다. 당시에는 웃으면 천장이 핑핑 돌아가는 느낌이 들어 재미있었다.

우리 둘은 서로와 함께일 때 술을 먹지 않았다. 홍이 술을 싫어했기 때문이다. 나도 홍과 함께 있으면 저절로 술이 싫어졌다. 홍이 술을 싫어하는 이유를 알고 있었기 때문이었다.

"중학생 때부터 엄마 술 심부름을 했어. 교복 차림으로 소주 몇 병을 사도 슈퍼 아저씨는 말이 없었어. 우리 엄마가 동네에서 유명한 알코올 중독자란 걸 알았거든. 그때 나는 누군가가 나한테 물어봐 주길 기다렸어. 애, 너는 교복 입은 학생이 뭔 술을 그렇게 많이 사니, 엄마가 시켰니? 엄마가 술을 많이 마시니? 너는 괜찮니? 얼굴에 상처는 혹시 맞은 거니? 이렇게 물어보는 사람이 있었으면 좋겠다고 생각했어. 그러면 그 핑계를 대고서라도 술 심부름은 안 했을 텐데. 안 갈 수 없었겠지만, 그래도 아무튼 말은 해 볼 수 있었을 텐데. 하기 싫어요, 도와주세요, 라고."

홍은 나에게 그 이야기를 전하고 난 이후에도 계속 바빴다. 홍은 살아가면 살아갈수록 책임져야 하는 것들이 더욱 많아지는 것이 두렵다고 했다. 나는 홍의 그 말을 오로지 나 자신이란 한정된 범위 안에서 알아들었다. 하지만, 홍의 책임감은 점점 더 멀리 뻗어나갔다. 내가 짐작조차 할 수 없는 곳으로 멀리, 깊숙하게. 그러던 어느 날, 홍에게 메시지를 보냈다.

[우리 한 번에 하나씩만 하자. 조급하게 생각하지 말자. 서로에게는 과장해서 말하지 말자. 남을 너무 부러워하거나 나와 비교하지 말자. 우리는 우리의 길을 가자. 인생은 하나의 과정이래.]

[나한테서 곰팡이 냄새가 나는 것 같아.]

내가 보낸 메시지에 홍은 자신에게서 곰팡이 냄새가 나는 것 같다는 메시지로 답을 했다. 나는 다시 문장을 만들어 보냈다. 홍은 읽지 않았다. 종일 기다렸지만, 홍은 그 이후로도 영영 내 메시지를 읽지 않았다. 그러므로, 나는 이제 홍과 걷지 못한다. 나란히 누워서 천장을 볼 일도 없다. 홍이 살던 집은 사라졌다. 홍도 사라졌다.

홍은 더는 힘들어지고 싶지 않은 마음에 다른 곳을 택했다. 정처 없이 걷다 보면 어느덧 홍의 집 앞일 때가 있었다. 허리를 숙여야만 통과할 수 있는 낮은 대문과 좁은 골목을 마지막으로 지나며 너는 무슨 생각을 했을까? 아주 가끔 생각해 보곤 했다. 하지만, 아무리 생각해 보아도 답이 나오지 않을 때가 허다했다. 나는 한동안 꽤 많이 앓았다. 나는 걸음이 그 앞에서 멈출 때마다 답을 찾듯 자주 그 안을 들여다봤다. 아무것도 없이 텅 빈 어딘가를.

[모든 것이 다 괜찮아질 수는 없겠지만, 어떤 식으로든 괜찮아지자. 홍, 너한테는 나무 냄새가 나.]

홍이 읽지 않은 메시지는 나에게 남겨졌다. 홍에게는 나무 향이 났었다.

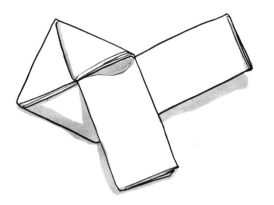

잘못 온 문자에
눈물이 났다

잘못 도착한 문자를 받은 적은 나 말고도 많은 사람이 경험해 보았을 것이다. 인터넷을 보면 이에 관련된 눈물을 쏙 빼지게 만드는 이야기들이 많다. 돌아가신 아버지 연락처에 매일 연락했는데 그 번호를 쓰고 계신 분이 마치 아버지인 것처럼 답장이 왔다는 이야기, 뭐가 그리 급한지 어린 나이에 하늘로 간 아들이 그리워 생일마다 메시지를 남겼는데 번호를 가진 분의 배려로 '아빠, 고마워요. 나는 잘 지내고 있어요.'라는 연락이 왔다는 이야기, 앞으로 계속 연락해도 되니까 건강만 하시라고 답장이 왔다는 이야기……. 나에게는 일어나지 않을 일이라고 여겼다.

[어디 있어요?]

그러던 어느 날 대뜸 나의 행방을 묻는 메시지에 나는 선뜻 대답하지 못했다. 저장되지 않은 전화번호였다. 가끔, 모르는 번호로 닿는 전화는 받은 적이 있지만, 메시지는 처음이었다. 메시지를 다시 읽고, 나는 정말 내가 어디에 있는지를 파악하기 위해 주위를 두리번거렸다. 그러는 사이, 다음 메시지가 도착했다.

[거기 있어요?]

메시지를 보낸 인물은 메시지를 받는 사람이 어디에 있는지 알고 싶은 듯했다. 그러나, 메시지에는 조급함이 없었다. 나는 짧은 순간 추리를 이어 나갔다. 메시지를 보낸 사람과 메시지를 받은 사람은 만나기로 한 듯하다. 다만, 메시지를 보낸 이가 메시지를 받은 이보다 조금 더 늦게 장소에 도착하게 될 것이었다. 그러니 상대가 어딘지, 거기에 먼저 도착했는지 묻는 것이 아닐까? 그렇다면, 나는 상황이 정리될 수 있도록 얼른 답을 해 주어야 했다.

[번호를 확인해 주세요. 메시지를 잘못 보낸 것 같습니다.]

나의 메시지에 상대는 한동안 답이 없었다. 그로부터 꽤 오랜 시간이 지난 후에 그 번호로 다시 한 번 메시지가 도착했다. 메시지는 제일 최근이라고 볼 수 있는 이 주 전의 나의 메시지에 대한 답을 담고 있지 않았다. 다만, 또 똑같이 다섯 글자일 뿐이었다.

[잘 지내세요.]

나는 문자에 굳이 답을 하지 않았다. 잘 지내라는 담백한 인사에는 어떠한 답도 할 수 없을 듯했다. 알 수 없는 누군가에게서 받은 한 통의 안부는 꽤 오래 나의 마음에 머물렀다.

문득, 메시지를 잘못 보낸 척하며 누군가의 안부를 묻고 싶었다. 나와 아는 사람이든, 모르는 사람이든 상관없이 오늘 하루 잘 보냈냐고, 아무 일 없었냐고, 혹시 마음이 무겁지는 않았냐고 묻고 싶은 마음이 간절했다. 나와 함께 같은 하늘 아래 있는 사람이든, 하늘 위에서 사는 사람이든 상관없었다.

모르는 번호로 닿았던 안부는 그 이후로 다시 오지 않았다. 아쉬움은 없었다. 다만, 메시지는 지우지 않았다. 누군가 나의 안부를 물어주길 바라게 되는 날에는 괜히 메시지를 한번 들여다봤다. 다섯 글자가 주는 뭔지 모를 안온함이 그리워질 때가 분명히 있었다. '잘 지내세요.' 이 짧은 메시지는 어떤 날은 그저 내가 잘 지내는지 궁금해하는 것 같기도 했고, 또 어떤 날은 잘 지내야만 한다고, 꼭 그래야만 한다고 나에게 무언의 다짐을 얻어내려 하는 것처럼 느껴지기도 했다.

다음 생에는
사람으로 태어나라

친구들이 벌레를 잡으면, 나는 작은 목소리로 말했다.

"다음 생에선 사람으로 태어나라."

이것은 나의 오랜 습관 중 하나였는데, 정말이지 친구들이 벌레를 잡으려 휴지를 돌돌 마는 순간부터 그 주문을 외우기 위해 심호흡을 했다. 이건 벌레가 삶을 다하게 되는 그 순간에 맞추어 외워 줘야 하는 것이기 때문에 잡는 사람과도 합이 잘 맞아야 한다. 친구들은 나의 중얼거림을 알고 나를 배려해 준다. 왜 그런 말을 하는지 타박을 주는 친구는 없었다. 그러던 어느 날, 나의 주문을 들은 한 친구가 말했다.

"다음 생에선 사랑으로 태어나라고?"

친구는 내가 무어라 답을 하기 전에 다시 말을 이었다.

"그 주문 참 멋있다. 나중에 나 죽으면 외워 줘라. 다음 생에선 사랑으로 태어나라고."

다른 친구들이 깔깔 웃었다. 친구도 함께 웃었다. 나를 바라본 친구가 말했다.

"근데 그거, 저주는 아니겠지?"

친구의 말에 나는 일단 고개를 저었다. 순전히, 마음을 담아 뱉는 주문이지 절대 저주의 무엇을 띄고 있는 것은 아니었기 때문이다. 친구는 나의 단호한 눈빛을 마주한 채 돌돌 말아 쥔 휴지를 쓰레기통에 버렸다. 조용한 골목을 걸으면서 친구는 나에게 '주문'에 관해 물었다. 언제부터 그런 주문을 외우게 되었냐고 묻는 친구에게 조금 더 정확한 대답을 해 주기 위해 나는 곰곰이 생각에 빠졌다. 언제부터인지는 모르겠지만, 언젠가부터 버릇처럼 입에 머물던 주문이었다.

"잘 모르겠네. 언젠가부터 자연스럽게 나온 것 같아."

"딱히 이유는 없고?"

"응, 딱히. 그냥, 내 눈앞에서 생을 끝내는 거잖아. 뭔가 그럴듯한 말을 해 주고 싶다는 생각이 들었어."

나의 말을 들은 친구는 잠시 침묵을 지켰다. 여름이 골목 곳곳에 스며 갖가지 냄새를 풍겼다. 커진 가로등 불빛에 마구잡이로 달려드는 이름 모를 벌레를 바라보던 친구가 다시 말을 이었다. 친구가 꺼낸 말은 내가 한 번도 생각해 본 적 없는 것이었다.

"진짜 네 주문을 듣고 벌레에서 사랑으로 태어난 것들은 어떤 모습을 가지고 있을까?"

"아까 말하려다 놓쳤는데, 사랑이 아니라 사람이야."

"사람?"

"응, 사랑으로 태어나라는 게 아니라 사람으로 태어나란 말이었어."

"같은 맥락이네."

"그런가?"

"그렇지 않나? 사람도 어쨌든 사랑으로 사니까."

시작점이 분명하지 않았던 내 주문이 친구의 말로 인해 더욱 그럴듯한 모습을 가지게 됐다. 그 이후로도 친구와 나는 미로 같은 골목을 걸으며 나의 주문에 관한 토론을 이어 갔다. 사람이 되고 싶지 않은 벌레에게는 너의 주문이 저주이지 않을까? 정말 다음 생이 있을까? 사랑은 참 여러 가지로 오묘한 단어인 것 같다……. 내가 읊는 주문에 이렇게나 관심을 보인 사람은 처음이었기에 이번에는 내가 친구에게 물었다.

"아까, 나한테 그랬잖아. 나중에 너 죽으면 그 주문을 외워 달라고. 진심이야?"

"그럼, 진심이지."

"왜?"

"나는 제대로 된 사랑을 해 본 적이 없는 것 같거든. 그런 데, 딱 네 말을 듣는 순간 왠지 그 주문을 들으면 나도 다음 에는 제대로 된 사랑을 해 볼 수 있을 것 같았어."

"아무 효력도 없는, 그냥 내가 던지는 말인데도?"

"그럼. 말이란 건 듣는 사람이 어떻게 듣느냐에 따라서 그 때그때 다른 크기와 깊이를 가지기도 하잖아. 나는 네가 그 말을 하는 게 좋았어."

"꼭 다음 생이 아니더라도, 지금 생에서 사랑이란 걸 제대 로 해 볼 수도 있잖아."

"그런가? 그럼 지금 나한테 해 줘. 정말 제대로 된 사랑을 할 수 있게 될지 궁금하다."

연극 무대의 스포트라이트처럼 골목의 어느 한쪽을 비추 는 가로등 아래에서 나는 친구의 등을 토닥이며 말했다.

"네가 행복한 사랑을 할 수 있었으면 좋겠어, 다른 누구를 위한 것도 아닌 오직 네가 행복한 사랑을, 사랑을 잘 주기 도 하고, 잘 받기도 하면서 그렇게 살아갔으면 좋겠어. 네 말대로 사람은 사랑하며 사는 존재니까. 그 둘은 떼려야 뗄 수 없는 단어니까.”

친구와 헤어져 집까지 홀로 걸어가면서 나는 나란 사람이 행했던 여러 사랑에 관해 생각했다. 하나의 단어에 무수히 다양한 감정이 묻어 있는 것이 새삼 신기했다. 하나의 발음을 가졌지만, 슬픔, 분노, 절망, 행복, 기쁨 등의 여러 감정을 품고 있는 단어. 친구가 말한 '제대로 된 사랑'이 무엇인지 나는 아직 알 수 없고 해 본 적도 없지만, 그 순간만큼은 정말로 친구가 사랑과 가까워질 수 있기를 바랐다.

사랑이란 단어에 마치 데인 것처럼 깜짝 놀라 나를 바라보던 친구의 눈빛을 잊을 수 없다. 제대로 된 사랑을 해 본 적 없다고 했지만, 나는 친구의 마음 깊이 감히 내가 범접할 수 없을 정도로 대단한 사랑의 씨앗이 심겨 있을 것이라고 확신했다.

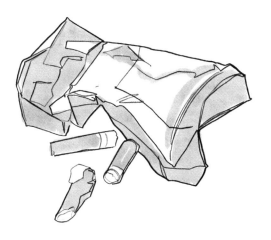

언니는 그 시절
장미 담배를 피웠지요

줄곧 언니가 있었으면 좋겠다고 생각했다. 속상한 일을 겪고 들어와 엉엉 우는 나를 낄낄거리며 놀리면서도 함께 그 일에 관해 머리를 맞대 줄, 시간이 지나면 아무것도 아닐 자잘한 일에 발이 걸려 엎어진 나를 말없이 일으켜 줄, 식성이 같아 매일 함께 야식을 시켜 먹으며 도란도란 수다를 떨어 줄, 부른 배를 두드리며 불을 끄고 나란히 누워 턱 끝까지 이불을 덮은 채 발을 꼼지락거리며 오늘 하루 있었던 일에 대해 담소를 나눌, 가족이 아니면 그 누구도 이해하지 못할 가족 이야기를 하면서 영영 쪼개지지 않을 것 같던 슬픔을 반으로 쪼개서 나눠 가질, 내가 엉뚱한 길을 걸으면 그

길로 걷지 말라고 알려 줄, 가끔 나에게 기대 울며 나도 누군가에게 작은 힘이 될 수 있는 사람임을 깨닫게 해 줄, 언니. 그런 언니가 있었으면 좋겠다고 늘 생각했다.

"엄마, 나도 언니 낳아 줘."

엄마의 손을 잡아당기며 징징거렸던 기억이 난다. 엄마는 한참을 생각하다가 그럴 수 없다고 했다. 그러더니, 언니 말고 동생은 가능하다고 덧붙였다. 나는 당시 동생보다 언니가 더 갖고 싶었기에 엄마의 말에 이렇다 할 호응을 하지 않았다. 지금에서야 하는 말이지만, 엄마는 그때 걱정을 많이 했다고 한다. 당시 엄마는 배 속에 남동생을 품고 있었는데, 하나밖에 없는 딸이 언니 타령만 하고 있으니 걱정이 될 만도 했다.

사실 '언니'라는 단어는 그 당시의 어린 나를 아련하게 만드는 발음이었다. 아는 단어도 별로 없던 어린 내가 아련함이라는 게 뭔지나 알고 아련함을 논했는지는 모르겠지만, 아무튼 어린 나는, 언니가 없는 나는…… 아련했다. 원래 있었던 '언니'가 잠시 어디론가 사라진 것 같은 느낌이나 돌아올 시간이 되었는데 오지 않는 '언니'를 그저 하염없이 기다리는, 그런 착잡하면서도 눅눅한 마음이 밤마다 나를 찾아왔다. 언니라는 존재에 대한 나의 마음은 날이 갈수록 더욱 들끓었다.

그러던 어느 날, 좋아하는 언니가 생겼다. '저 언니가 내 언니였으면 좋겠다!'라는 생각을 하게 만든 언니가 나타난 것이었다. 머리를 위로 질끈 올려 묶어 말총머리 스타일을 한 언니는 유난히 건강해 보였다. 내가 생각했을 때 그 언니는 우리 동네에서 제일 예뻤다. 나는 그 언니를 제대로 알지 못했고 그 언니도 나를 잘 알지 못했다. 우리는 서로 얼굴만 알았다. 정말, 얼굴만 알았다.

우리가 얼굴을 마주치는 곳은 문구점이었다. 우리는 같은 시간, 같은 문구점, 같은 코너에서 자주 마주치며 서로의 존재를 익혔다. 그 코너에는 장난감이 수북하게 쌓여 있었는데 우리는 수많은 장난감 중에서도 유독 칼이 많은 코너 앞에서 자주 마주쳤다. 지금은 소리도 찬란하고 금방이라도 진짜 광선이 뿜어져 나올 것만 같은 다양한 종류들의 장난감 칼이 많지만, 그때 당시에는 심플한 플라스틱 칼이 전부였다. 더구나 색깔이 빨강 아니면 파랑 이런 식으로 선택의 폭이 좁았다. 요즘은 예능 프로그램에서 힘차게 뽑았을 때 칼이냐, 아니면 축 늘어진 파냐, 복불복을 정하는 역할로 자주 등장하는 걸 볼 수 있는데, 그 칼이야말로 나의 어린 시절 최고의 장난감이었다.

나는 우리 동네 문구점에서 늘 새로운 칼을 구경하고 돌아가는 아이였다. 내가 매일같이 방문하는 문구점은 학교 근처에 있지 않고 동네 시장과 가까운 쪽에 자리하고 있었다. 아주 작고 잡다한 물건들이 많았던 그곳은 빛이 들어오지 않아 매일 어두웠다. 문구점은 출입구가 두 군데였는데, 어느 쪽을 열고 들어가도 가득 쌓인 물건 때문에 주인아주머니가 잘 보이지 않는다는 공통점이 있었다. 어느 날은 그 언니와 내가 동시에 다른 출입문을 열고 그곳에 들어섰다. 언니는 자신의 동생에게 줄 장난감 칼을 사기 위해, 나는 나의 끓어오르는 영웅 본능을 더욱 지펴 줄 장난감 칼을 사기 위해.

나는 나 말고 장난감 칼을 사는 여자가 우리 동네에 있다는 것에, 같이 동시대를 살아가고 있다는 것에, 그것을 여태까지 몰랐지만, 이제는 알았다는 사실에 굉장히 마음이 설레던 것으로 기억한다. 언니가 나에게 '너는 뭐 살 거야?'라고 물어본 후 나와 똑같은 장난감 칼을 샀을 때는 이미 마음을 다 빼앗겨 버렸다. 우리는 그 후로도 몇 번이고 문구점에서 마주쳤다. 어떤 날은 칼을 사고, 어떤 날은 칼을 사지 않은 채 털레털레 문구점을 나왔다. 만나는 횟수가 잦아졌지만, 그러면서도 제대로 된 인사를 나누거나 서로의 이름을 묻지 않았다.

언니는 어느 학교 교복을 입고 있었다. 나는 교복을 입고 있는 언니 자체가 멋져 보였을 뿐, 그 교복이 어느 학교 교복인지, 그래서 언니가 몇 살인지는 관심이 없었다. 그냥 당연히 나보다 나이가 많겠거니 생각했다.

'나보다 나이가 많네, 당연히 많겠지, 그러면 더 좋다! 내 언니가 되어 줄 수도 있잖아! 전에 장난감 칼을 사는 건 남동생 때문이라고 말했지만, 신기한 듯 이래저래 장난감 칼을 살피던 언니 눈빛을 나는 또렷하게 기억해! 우린 분명 통하는 게 있어! 내가 그 남동생보다 더 괜찮은 동생이 되어 줄 수도 있어! 진짜야! 언니가 나의 언니가 되어 준다면 나의 모든 장난감 칼을 다 보여 줄 수 있어!'

나는 그렇게 생각했고, 그 설렘이 깨진 건 얼마 지나지 않아서였다. 언젠가 집으로 가던 도중, 언니와 영 다른 곳에서 마주쳤다. 문구점과는 거리가 먼 아파트 뒷길이었다. 내가 왜 그곳으로 걸어갔냐 묻는다면 집으로 가는 지름길이라 그렇다고 답할 수 있겠고, 언니가 왜 거기 있었냐고 묻는다면 이야기를 다시 이어갈 수 있겠다. 언니는 나를 불렀다. 나는 순순히 그곳으로 달려갔다. 언니는 몇 번이고 꼬깃꼬깃 접은 오천 원을 나에게 내밀며 말했다.

"너 나 알지. 그래서 부탁하는 거야. 저기 슈퍼에 가서, 장미 담배 좀 사다 줘. 남은 건 과자 사 먹어."

나는 아무 생각도 하지 않고 곧바로 오천 원을 받아 들었다. 그러고는 슈퍼로 향했다. 뒤에서 언니가 나를 줄곧 쳐다보고 있는 것이 느껴졌지만, 한 번도 뒤돌아보지 않고 발길을 재촉했다. 그때 나의 뒷모습은 어땠을까? 나는 앞으로도 영영 그 당시의 내 뒷모습을 볼 수 없을 것이기 때문에 지금도 당시 나의 뒷모습이 안고 있었던 어떠함에 관해 알 방법이 없다.

누군가는 혼란스러움을 이야기할 수 있겠다. 누군가는 새로운 심부름에 관한 설렘이나 신남을 이야기할 수도 있을 것이다. 답은 없다. 나는 그 어느 쪽도 아니었다. 혼란스럽지도 않고, 재미있지도 않고, 신나지도 않고, 그저 멍했다. 멍하게 걸었다. 사실, 지금도 가끔 그때를 생각하면 도무지 답을 알 수 없는 질문의 늪에 빠져들곤 한다. 그때 그 언니가 다른 아파트 동에 있어 나와 마주치지 않았으면 어땠을까? 돈을 받아 든 내가 단골인 슈퍼가 아니라 다른 슈퍼로 향했다면 언니에게 담배를 사다 주었을까? 같은 답이 없는 질문들이었다.

나는 언니에게 담배를 사다 주지 않았다. 슈퍼까지 의기양

양하게 들어가 서성이다가 다시 나왔다. 슈퍼 아저씨가 나에게 인사를 했기 때문도 아니고, 거기가 우리 가족의 단골 슈퍼여서도 아니었다. 나는 주먹을 꼭 쥔 채 슈퍼를 나섰다. 손에는 여전히 꼬깃꼬깃한 오천 원이 있었다. 언니는 다시 돌아오는 나를 빤히 쳐다보았다. 나는 언니에게 오천 원을 돌려주며 말했다.

"언니, 담배는 나빠요. 언니가 담배를 안 피웠으면 좋겠어요. 나는 우리 아빠한테도 늘 담배 피우지 말란 이야기를 해요. 나는 언니가 좋으니까 언니가 담배를 안 샀으면 좋겠어요."

"⋯⋯."

"우리 아빠도 가끔 나한테 담배를 사 오라고 말해요. 나는 아빠 말은 들을 수밖에 없으니까 슈퍼에 가요. 그러면 슈퍼 아저씨가 저한테 그래요. 다음에는 아빠보고 직접 오시라고 전해 달라고. 나는 슈퍼 아저씨가 그 말을 한 이유를 알아요. 아이들이 담배를 사는 건 좋지 않아 보이기 때문일 거예요. 그러니까 나는 언니가 담배를 안 샀으면 좋겠어요."

오천 원을 받은 언니는 아무것도 하지 않고 그대로 서 있었다. 나는 언니가 나더러 집에 가라고 하지 않아서 한동안 거기 같이 서 있었다. 언니는 여전히 아무 말이 없었고, 나는 서서히 오줌이 마려웠으므로 그냥 집으로 향했다. 인사는 하지 못했다. 그때까지 언니는 서 있기만 했다. 나를 바라보거나, 책망하거나, 자리를 뜨지 않았다.

언니는 거기 얼마만큼 더 서 있었을까? 당시의 언니 나이보다 두 배 많은 나이가 되고 보니 별별 생각이 머리를 흔든다.

'언니는 왜 그 나이에 담배를 피웠을까? 교복을 입고 있었으니 당시 언니의 나이는 열넷에서 열여섯 사이였을 텐데, 언니에게 누가 담배를 가르쳐 줬을까? 언니는 왜 담배를 피워야겠다고 생각했을까? 언니가 담배를 피우게 된 결정적인 계기는 무엇일까? 그래서 언니는 다시 장미 담배를 사 줄 아이를 찾았을까? 언니는 장미 담배가 사라진 지금도 나를 기억할까? 언니는 아직도 담배를 피우고 있을까?'

나는 여전히 그 시절 그 아파트에 살고 있고 가끔 뒷길로 걷는다. 그리고, 거기 떨어진 누군가의 담배꽁초를 볼 때마다 언니를 떠올린다.

어느 날 나는, 반복되는 그리움이 완전히 휘발되기 전 언니에게 편지를 쓰고 싶다고 생각했고 그것을 실행에 옮겼다. 편지는 어느 때보다 반듯한 글씨로 쓰였다. 편지글은 꽤

길었지만, 별 내용은 없었다. 더욱이 언니에게 전달될 리도
없었다.

나에게 칼싸움을
가르쳐 주었던 언니에게

언니, 안녕하세요.

혹시 저를 기억하시는지 모르겠습니다. 저는 언니에게 계양동 사거리 한복판에서 칼싸움을 배웠던 아입니다. 그때 당시 저는 벡터맨이 그려진 파란 손잡이의 칼을, 언니는 파워레인저가 그려진 붉은 손잡이의 칼을 들고 있었던 것으로 기억해요. 그때 언니가 가지고 계셨던 칼은 제가 가진 칼보다 조금 더 비싼 것이라 휘두를 때마다 휘웅, 푸슝, 찌릭, 파파팡, 희한한 소리가 났습니다. 네 가지 음이 자동으로 반복되는 칼이었죠. 멋진 칼은 언니와 상당히 잘 어울렸어요. 그때나 지금이나 이 생각에는 변함이 없습니다.

빛이 들어오지 않는 어두운 문구점을 나서는 우리 둘의 손에는 장난감 칼이 들려 있었지요. 저는 오로지 저를 위해서 산 것이었지만, 언니는 말을 듣지 않는 남동생을 회유하는 용도로 혹은 그 남동생에게 휘두를 용도로 그 칼을 샀다고 저에게 소곤소곤 알려 주었습니다. 언니는 키가 컸고 멋진 교복도 입고 있었지요. 찔찔 흐른 콧물을 옷소매에 아무렇게나 닦던 저는 그런 언니가 너무 멋져 보였습니다.

　아직 다 자라지 못한, 자랄 키가 더 남은 저는 칼을 한 번에 뽑는 걸 몹시 힘겨워했었어요. 단번에 뽑히지 않고 늘 끄트머리가 툭툭 걸리는 게 영 멋지지 않았죠. 언니는 팔도 길고 다리도 길고 몸도 길쭉해서 칼을 시원스럽게 쫙쫙 뽑아 내곤 했습니다. 나는 그런 언니가 너무 좋았어요.

　문구점에서 각자의 일을 마치고 나면 늘 소리 없이 흩어지곤 했는데 그날은 달랐습니다. 언니는 건널목의 신호를 기다리고 있는 제 앞에서 느닷없이 칼을 쫙 뽑았어요. 시원스럽게 뽑힌 칼은 하늘의 선택을 받은 마냥 빛을 받아 번쩍였죠. 언니는 그 소리에 맞춰 멋진 대사를 뱉었습니다.

　"이 악당아! 너를 무찌르겠다!"

　대충 이런 말이었던 걸로 기억합니다. 저는 그런 식의 대사는 항상 집 안이나 마음속에서만 외쳤었어요. 대낮에 거리 한복판에서 그런 대사를 들을 줄이야. 언니의 용기에 저는 깜짝 놀라고 말았습니다. 사실, 그 칼의 끝이 저에게 겨눠진 상태라 필요 이상으로 더 놀란 것도 있어요. 저는 제가 악당이라고 생각한 적이 한 번도 없기에 언니의 도발이 탐탁지 않았습니다. 갑자기 저더러 악당이라고 했잖아요. 뭐 반박할 새도 없이 악당이 되어 버린 것은 지금도 억울하지만, 이 부분에 대해서도 그때나 지금이나 깊게 따질 생각은 없습니다. 누구나 악당이 될 수 있고, 뭐 가능하다면 영웅이 될 수도 있고 그런 거겠죠.

길목의 신호는 우리가 그곳에 도달하기 직전에 바뀐 터라 여전히 붉었습니다. 어느 정도 시간이 남아 있단 뜻이었죠. 언니는 뽑아 든 칼로 제가 들고 있는 칼의 손잡이를 툭툭 치면서 말했습니다.

"내 칼보다 네 칼이 더 뽀대 난다."

사실 저는 그때 뽀대라는 말이 뭔지 몰랐습니다. 그저 언니가 웃으면서 말했기 때문에 뽀대라는 말은 좋은 말일 것이라고 짐작했을 뿐이었죠. 뽀대라는 말을 남발하던 언니가 남동생 때문에 매번 집에서 로봇 만화만 보는 것이 짜증 난다고 저에게 털어놓았을 때는 은근히 찔렸어요. 저도 맨날 집에선 로봇 만화만 봤거든요. 언니가 싫어한다는 <K-캅스>

주제가는 저의 애창곡이기도 했어요. 언니가 나의 언니가 되어 주길 바랐는데, 언니가 로봇 만화를 싫어한다니 저는 어찌할 줄을 몰랐습니다. 아무도 물어보지 않았는데 언니와 로봇 중 하나를 선택하라고 할까 봐 눈을 질끈 감기도 했죠.

건널목의 신호가 푸르렀을 때, 우린 그 상태로 나란히 길을 건넜습니다. 길을 건너오자마자 언니는 저에게 말했죠.

"그 칼 차고 다니면서 너한테 시답잖은 소리 하는 애들 다 휙휙 썰어 버려, 이거 맞으면 은근히 아프거든."

이 말을 할 때 언니는 자신의 손바닥에 칼을 탁탁 내리치면서 말을 이었습니다. 손바닥이 붉게 달아올랐지만, 언니는 계속 말을 이었죠.

"뼈를 공략해, 뼈를. 뼈 때리면 아프거든. 너한테 이상한 소리를 하거나, 너 놀리거나 하는 애들 있으면 봐 주지 말고 때리란 말이야. 선빵이 중요해. 너 딱 보니까 너무 착하고 순해 보인다. 당하고 살지 마! 앞으로도! 커서도!"

언니는 그 말을 남기곤 홀연히 사라졌습니다. 저는 스승에게 가르침을 받아 이제 막 대단한 것을 깨친 제자처럼 마음이 마구 벅차오름을 느꼈습니다. 그대로 아파트 놀이터로 뛰어가 마구 구르며 혼자만의 놀이를 시작했죠. 칼을 멋지게 뽑아내는 것은 여전히 어려웠지만, 그것 말고는 다 괜찮앉습니다. 열심히 미끄럼틀과 시소, 그네의 뼈를 때리며 놀았어요. 쇠로 만들어진 그들의 뼈는 둥둥, 댕댕, 팅팅 소리를 냈고 그때마다 저는 자꾸 이겼습니다.

지나가던 어른들이 '여자애가 조신하지 못하다.'라고 말해도 괜찮았습니다. 참지 않았거든요. 언니의 가르침대로 저는 참지 않고, 저에게 그런 말을 하는 사람들을 향해 칼을 휘둘렀습니다. 물론 허공에다가 휘둘렀습니다. 언니가 뼈를 공략하라고 했으니, 그 말을 받들어 뼈가 있는 방향으로 칼을 휘젓곤 했습니다. 한참을 그렇게 악당을 무찌르고는 집으로 향했습니다. 손이며, 팔꿈치며, 옷이며, 심지어 뺨까지 모래가 묻어 있었지만, 엄마는 뭐라고 하지 않았어요. 그저 칼을 품은 당당한 걸음으로 집 문을 활짝 열어젖힌 후에는, 엄마의 손에 이끌려 바로 욕실이란 이름의 감옥으로 끌려갈 뿐이었습니다.

진짜 재미있었습니다. 언니의 말을 듣고 칼을 휘둘렀을 때는 더 재미있었어요.

우리 엄마는 제가 제 몸의 반이 넘는 장난감 칼을 사 달라고 떼를 써도 절대 야단치지 않았습니다. 그저, 다른 여자아이와 달리 장난감 화장품, 바비 인형, 아기 인형에 관심을 가지지 않는 이유가 궁금했답니다. 그래서 물어봤더니, 제가 그것들을 뭉뚱그려 재미없다고 했답니다. 다음부터는 묻지도 않았대요. 나중에 들은 것인데, 당시 엄마는 아이가 아이 인형을 업고 다니는 광경이 꽤 기묘하게 느껴져서 내가 저 인형을 사 달라고 해도 사 주지 않을 작정이었다고 합니다. 그때부턴 그저, 장난감 칼을 신중히 들여다보고 마치 장인이라도 된 마냥 칼집에서 칼을 뽑았다가 다시 넣는 동작을 엉성하게 반복하는 딸을 신기하게 바라볼 뿐이었죠.

덕분에 저는 저와 관련이 없는 사람들이 뱉는, 그러니까 '여자가 왜?'로 시작하는 갖가지 엉뚱한 말들에서 조금은 자유로울 수 있었습니다. 그런 말이 들려오면 엄마는 웃으면서, '자기가 알아서 잘하겠죠, 놔두세요.'라고 했거든요. 그럼 그들은 입을 다물었어요. 어린 마음에도 그런 엄마가 고마웠어요. 커서도 마찬가지였고요.

저는 문구점에서 언니를 처음 봤을 때, 저 말고도 칼을 사는 여자가 있다는 사실에 너무 놀랐습니다. 그건 엄마도 마찬가지였던 듯해요. 그런 날이 있었는데 기억나실지 모르겠습니다. 문구점에 칼이 하나밖에 없던 날이 있었어요. 먼저 문구점에 들어섰던 언니가 그 칼을 들었고, 늦게 도달한 저는 뒤에서 멀뚱멀뚱 언니의 모습을 보고만 있었습니다. 당시 저는 은근한 고집이 있던 아이라 갖고 싶었던 그 붉은 칼에서 눈을 떼지 않았어요. 그 모습을 바라보던 어른들이 얼마나 난감했을지, 상상이 가시나요. 주인아주머니께서 그 칼의 재고가 남아 있는지 살펴보러 창고에 갔다가 빈손으로 돌아왔습니다. 뭔가 일촉즉발의 상황이 일어날 것으로 생각했는지 엄마는 다른 장난감을 집어 들어 나를 달래려 했어요.

저는 울지도 않고, 떼를 쓰지도 않았습니다. 그냥 곧 그렇게 되기 직전의 상태로 입을 꾹 다물고 있을 뿐이었죠. 언니의 손에 있는 칼을 뚫어지게 보면서요. 그때, 언니가 저의 눈앞에 불쑥 칼을 내밀었습니다. 니 해라, 하면서요. 언니는 나를 기다렸습니다. 내가 칼을 받을 때까지 아무 말도 하지 않고 기다려 줬죠. 나는 칼을 받아 들었고, 받으면서도 이래도 되나 싶은 표정으로 언니를 보았어요. 언니는 아무렇지도 않은 표정으로 출입구를 향했죠. 엄마가 나의 어깨를 톡톡 치며 말했어요.

"언니한테 고맙다고 해야지."

나는 나보다 큰 언니를 쫄쫄 따라갔습니다. 그리곤 언니의 팔을 톡톡 쳤죠.

"언니 고마워."

언니는 싱긋 웃었어요. 그리곤 몸을 돌려 입구 쪽으로 향했죠. 엄마가 문을 여는 언니를 향해 양보해 주어서 고맙다고 말했습니다. 그때 언니가 무슨 말을 한지 기억하시나요?

"괜찮아요, 나는 언니니까요."

이렇게 말했어요. 정말 아무렇지도 않게요. 내가 쟤보다 언니니까요. 나는 언니니까요. 언니. 그 말에는 참 많은 것이 있었어요. 언니라서 양보한다, 언니라서 괜찮다, 언니라서 동생을 위해 이 정도는 해 줄 수 있다, 언니니까, 언니니까. 그때부터였어요. 저는 '언니'라는 단어와 사랑에 빠졌습니다. 무거운 책임감이 느껴지기도 하지만, 보송보송한 발음이 일품인 '언니'. 정말로 언니를 다시 만나서 언니를 언니라 부르고 싶어요.

언니, 문구점이 사라졌어요. 우리가 함께 건넜던 길목도 교차로가 되었어요. 언니가 나보고 장미 담배를 사 달라던 아파트 뒷길 철조망에는 장미가 흐드러지게 피어 있습니다.

언니, 우리 엄마도 언니를 기억해요. 내가 언니를 만나고 난 이후부터 엄마에게 자꾸 언니를 낳아 달라 떼를 썼거든요. 언니, 어렸을 때나 지금이나 저는 칼을 품고 살아요. 지금은 마음에나 품고 있어요. 저에게 미운 소리를 하는 사람들의 뼈를 통통 때리는 상상을 해요. 상상이기만 해서 그들은 아프지 않은가 봐요. 저만 아파요.

언니, 언니는 제 인생에 첫 언니예요. 그래서 더 기억이 나요. 저는 어떠한 갈림길에 있을 때마다 많은 언니를 만났어요. 언니들은 잠시 잠깐 제 옆에 머물러 주었다가 소리 없이 사라지곤 했어요. 언니들은 어디로 갔을까요? 가끔은 언니들이 무엇을 하고 있을지 너무 궁금해요. 지금 만난다면 우린 또 어떤 이야기를 나누게 될까요?

나에게 칼싸움을 가르쳐 주었던 언니에게

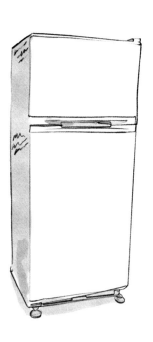

마침표 없는
작별 인사

물건을 버리기는 어렵다. 물론, 행위 자체는 어렵지 않다. 하지만, 물건에 묻은 어느 소중한 추억이 물건을 버린 날을 기점으로 점점 우리와 멀어지다 끝내 완전히 사라진다고 생각하면 왠지 모르게 주춤거리게 된다. 물론, 어떤 추억은 빛바래지도 않고 그저 쨍하다. 그래서 물건을 버리려는 나의 손을 난감하게 만들기도 한다. 세상에 쉬운 작별은 없다. 그래서일까? 나는 언제부터인지 모르게 곧 버려야 할 물건에 시간을 들여 작별 인사를 고하는 버릇이 있었다.

버릴 물건과 작별하는 순서는 대강 이렇다. 작은 물건이라면 손에 얹고, 큰 물건이라면 품에 안는다. 그리고 대충 그 물건의 귀가 있을 법한 자리에 대고 조용히 말을 건넨다. 대부분은 고맙다는 말을 전한다. 덕분에 불편함 없이 잘 살았다는 말과 잘 가라는 말도 그 뒤를 따른다. 앞에 읊는 인사말은 이렇듯 같고, 뒤를 따르는 말은 물건의 모습에 따라 다르다.

예를 들어 보자. 이어폰을 향해선 그간 내가 좋은 음악을 들을 수 있게 해 줘서 고맙다고 말한다. 건전지를 향해서는 어떤 물건을 움직일 수 있게 도와줘서 고맙다고, 다리가 부러져서 더는 쓰지 못하게 된 안경을 향해서는 그동안 내 시야를 트이게 해 줘서 고맙다고 말한다. 조금 더 감성적인 날에는 이런 말도 덧붙인다. 더 멋진 모습으로 다시 태어나길, 네가 원하는 모습으로 태어나길. 어쩌면 영원히 소멸할지도 모를 일이지만 일단 말을 뱉는다.

그렇게 말하고 나면 마음이 편하다. 작별을 들은 물건의 표정은 알 수 없지만 이렇게 해야 마침표를 찍는 느낌이 든다. 물건과 나의 관계는 여기까지, 우리 참 잘 살았다, 이런 느낌이랄까? 사실, 나 편하려고 하는 지극히 인간주의적인 행동이다. 그냥, 문득 그런 생각이 들었다. 작별에는 확실한 마침표가 있어야 한다고. 헤어지잔 말 없이, 관계를 정리하는 말 없이 흐지부지 안개 속으로 사라지는 관계는 너무 허무하지 않은가?

수명이 다 된 물건을 보내는 일은 언제나 마음이 허하다. 이 물건을 처음 가졌던 순간부터 보내는 순간까지가 머릿속에 생생히 펼쳐지면 더욱 그렇다. 신기하게도 나는 대부분 물건의 처음과 끝을 기억했다. 이 물건을 어떻게 가지게 되었는지, 이 물건을 어떤 식으로 썼는지에 대해 아주 정확하게 기억하는 것이다. 그렇기에 물건을 향해 건네는 작별 인사는 나에게 더 특별할 수밖에 없다.

기억이 생생할수록 물건을 배웅하는 시간은 자꾸만 길어지게 마련이다. 추억이 짙게 묻은 물건일수록 더 그렇다. 나의 좁은 방 안에 아직도 꿋꿋하게 자리를 차지하고 있는 옛 물건이 많은 이유가 바로 그것이다. 몇 번의 유예를 거친 물건은 배웅하기가 더 어려워진다. 그래도 나는 조급하지 않다. 이런 물건은 언제까지고 버릴 수 없을 것만 같다가도, 또 어느 순간 미련 없이 버리게 되기도 하니까.

최근에 나와 작별한 물건은 금성이다. 냉장고의 이름을 금성이라고 부르는 것에 거창한 이유는 없다. 냉장고 앞면에 'Gold Star'라고 적혀 있길래 금성이라고 불렀던 것인데 알고 보니 이 냉장고는 진작에 그 이름으로 불리고 있었다. 금성이는 내가 다섯 살 때 우리 집으로 와 나와 오랫동안 함께

했다. 몸집이 유난히 크고, 직사각형의 푸짐한 풍채를 자랑하는 금성이는 상체와 하체를 나누는 허리춤 정도에 동그랗고 작은 금색 버튼을 가지고 있었다. 제일 오른쪽에 있는 버튼은 엄마가 나를 위해 늘 누르는 버튼이었다. 그 버튼 옆에는 자물쇠가 그려져 있었는데, 버튼에 불이 들어와 있으면 호기심 많은 다섯 살의 내가 까치발을 한 채 모든 버튼을 아무렇게나 눌러도 문제가 되지 않았다.

금성이의 네모난 앞면은 나의 놀이터였다. 그림을 그리기도 하고, 자석이 붙은 자음과 모음을 붙이기도 했다. 미국에서 보내온 이모의 소포에 들어있던 아주 귀여운 새우 모양의 자석도, 엄마가 좋아하는 색상의 엽서도 그곳에 오랫동안 붙어 있었다. 금성이는 짜증을 내는 법을 몰랐다. 가끔 집 전체가 흔들리는 것 같은 괴이한 소리를 냈지만, 그 외에는 문제가 없었다. 몇 번의 이사에도 금성이는 묵묵히 우리를 따라왔고 하루도 쉬는 날 없이 일하며 우리 가족이 신선한 음식을 먹을 수 있도록 도왔다. 커다란 덩치에 걸맞게 내용물을 넣을 수 있는 품도 상당했는데 엄마는 금성이를 처음 만났을 때를 회상하며 이렇게 말했다.

"당시에 김치, 그러니까 채소 칸이 따로 있는 냉장고는 골드스타가 처음이었어. 그러니 최고의 인기를 누리는 것이 당연했지. 진짜 인기가 어마어마했다니까."

　정말 좋아하는 친구가 칭찬을 받으면 이런 느낌일까? 나는 내가 칭찬을 받은 것도 아니면서 기분이 좋아 어깨를 으쓱거렸다. 금성이는 정말이지 단 한 번도 속을 썩인 적이 없었다. 말을 듣지 않은 적도 없었고 제멋대로 군 적도 없었다. 그저 그 자리에 묵묵히 서서 끝까지 맡은 일을 다 했다. 모터가 돌아가는 소리가 점점 커지고 이제 정말로 수명이 다되었다는 생각이 든 후에도 꿋꿋하게 마지막 힘을 짜내어 우리 가족이 당황하지 않고 새 친구를 들일 준비를 할 수 있도록 도왔다.

　금성이와의 작별 시간은 곧 다가왔다. 헤어짐을 준비하는 시간은 참 묘하다. 주변의 조명이 서서히 흐려지는 것 같고, 마음이 텁텁하다. 30년 가까이 함께했던 냉장고를 보내는 일이 이리도 찡할 줄이야. 누군가는 너무 과한 것 아니냐 생각하겠지만, 그렇게 말하는 사람도 잘 생각해 보면 말하지 못하는 무언가와의 작별에 마음 한구석이 찌르르했던 때가 분명히 있을 것이다.

　금성이를 보내는 일은 생각 외로 수월하게 이루어졌다. 금성이가 있었던 자리에 새로 놓이게 될 대우가 오기로 한 날, 엄마는 금성이가 야무지게 품어 주고 있었던 식료품을 하나

하나 꺼냈다. 우리와 함께한 이래, 한 번도 속을 비워 놓은 적이 없었을 금성이. 텅텅 빈 금성이의 속을 보고 있자니 기분이 묘했다. 숨기고 있는 것은 하나도 없다. 그저 매번 우리에게 내보였던 그 속 그대로였다.

"엄마, 섭섭하지 않아?"

"전혀. 이제 애도 좀 쉬어야지. 여태 쉬지 않고 잘 돌아갔으면 됐지. 고맙다. 잘 가라!"

엄마는 금성이를 툭툭 두드리며 아주 짧고 굵게 인사를 건넸다. 물건을 보낼 때 인사를 건네는 나의 행동은 엄마에게서 온 것일지도 몰랐다. 대우가 자리하고 금성이가 떠날 동안 나는 그렇다 할 작별 인사를 건네지 못하고 금성이 주위만 뱅뱅 돌았다.

그즈음, 나는 마음에 쌓이는 무언가를 해소하기 위해 매일 목적지를 정해 놓지 않고 걸으며 쓰레기를 줍곤 했다. 금성이를 보낸 그날도 제대로 된 인사를 건네지 못했다는 사실에 울컥 치밀어 오르는 마음의 무언가를 발로 꾹꾹 눌러가며 걷고 있었다. 그때, 아파트 관리소 앞에 가만히 서서 자신을 실어 갈 트럭을 기다리는 금성이와 눈이 마주쳤다. 이미 떠난 줄 알았는데, 괜히 반갑고 들뜬 마음에 곧장 그의 앞으로 달려갔다. 금성이 뒤에는 금성이와 마찬가지로 어느 집에서 자신의 소임을 다한 냉장고가 있었다. 냉장고는 금성이와 동년배로 보였다. 나는 잠시 서서, 둘이 속삭이고 있는 장면을 상상해 봤다.

"얼마나 살았소?"

"나는 한 30년 가까이 우리 앞에 서 있는 여자애 집에서 살았다오."

"여자애가 인사를 하러 온 것 같은데."

"그런 것 같구려. 아까 하지 못한 것이 마음에 걸렸나."

나는 마지막으로 금성이를 눈에 담았다. 나이를 많이 먹었어도 늠름한 것이 꽤 멋졌다. 나는 금성이를 꼭 안고, 잘 가라고 속삭였다. 쉬지 않고 문을 열었다가 닫으며 장난치던 나를, 마주 앉아 자신의 몸통에 그림을 그리며 웃던 나를 잊지 말았으면 좋겠단 마음을 담아 조금 더 세게 금성이를 안았다가 놓아 주었다.

구석구석 금성이를 눈에 담아 두던 그때, 오른쪽에 쓰인 일본어가 눈에 띄었다. 있는 줄도 몰랐던 낙서였다. 한참을 들여다봤지만, 도무지 알아볼 수 없는 문장이었다. 눈으로 획을 따라 그을 때, 관리소 아저씨들이 등장했다. 그들은 덩치가 큰 금성이부터 트럭에 아무렇게나 넣은 후 곧바로 떠났다. 완전한 마지막이었다.

"엄마, 금성이 옆에 일본어가 쓰여 있더라. 뭔지 알아?"

"일본어?"

엄마가 잠시 생각을 더듬을 동안, 나는 아무것도 하지 않고 생각을 훑는 엄마의 눈만 바라보았다. 엄마의 눈이 곧 무언가가 생각난 것처럼 반짝일 때, 나도 자세를 고쳐 앉았다.

"엄마가 한창 일본어 배울 때 썼던 거네. 부엌에서 밥하면서도 까먹기 싫고, 조금 더 배우고 싶으니까 급한 마음에 거기 적어 놓고, 그러면서 외웠던 거야. 근데 이사를 오게 되면서 글씨를 썼던 쪽이 벽에 가려지게 되니까. 잊고 있었네."

"진짜 같이 살았네, 우리랑."

"응, 우리의 별별 모습을 다 봤지."

"나 아까 걷다가 금성이 가는 거 봤어."

"잘 가든?"

"엉, 잘 갔지."

물건은 우리와 함께 산다. 기억할 만한 무엇을 만들어 준다. 그러면서 떠날 때, 자신의 몫을 조금 떼어 내고 간다. 그것이 슬픈 것이든 나쁜 것이든 작게나마 짊어지고 떠난다. 우리를 떠난 물건은 우리를 어떻게 생각할까? 자신을 잘 다루어 주어 좋았다고 생각할까? 지금은 어떤 모험을 하고 있을까? 어쩌면 내가 새로 만난 물건 중에는 나를 예전에도 만났던 물건이 있을지도 모른다. 그렇다면 영원한 작별이라는 말은 어울리지 않을지도.

우리는 살면서 다양한 작별을 마주한다. 마침표가 있는 작별도, 없는 작별도 있다. 오늘 같은 날에는 작별 인사 뒤에 아주 진한 마침표를 찍어 주고 싶다.

종일 시시콜콜한
이야기를 떠들고 싶은 날

지금은 고친 술버릇이지만, 예전에는 술만 먹으면 친구들에게 전화를 걸었다. 연결된 전화에서 무슨 심각한 이야기를 하는 것도 아니었다. 그저 잘 지내는지, 어떻게 지내는지, 몸은 괜찮은지를 물었다. 전화를 끊기 전, 너무 보고 싶어서 연락했다고, 앞으로 더 자주 연락하겠다고 말하는 것도 잊지 않았다. 전화는 1분에서 2분이면 끝이 났다. 너무 늦은 시간에는 절대 전화를 하지 않았다. 하지만, 나는 곧 이 술버릇을 고쳤다. 무슨 대단한 일이 있었던 것은 아니다. 그저, 전화할 사람이 점점 사라졌을 뿐이었다.

누군가는 나의 전 술버릇을 듣고 미간을 찌푸릴 수도 있겠다. 술을 먹고 하는 전화라니, 진상이라고 생각할 수도 있다. 그 부분에 대해선 나도 정확히 인지하고 있었다. 그런데도 더 빨리 버릇을 고치지 못한 것에는, 얄팍한 이유가 있었다. 다만, 나는 이길 수 없을 뿐이었다. '알코올이 들어가 기분이 좋아진 채, 현실과 과거의 중간 지점에 서서 지나간 이들을 그리워하는 나'를. 그런 '나'는 그리운 누군가의 목소리를 꼭 들으려고 했다. 술의 힘을 빌려 여태 못 했던 말을 하거나, 낯간지러운 행위를 하는 것은 절대 아니었다. 적당히 먹고, 적당히 그리워했다. 그리움이 조금 더 컸다. 그 그리움이 외로움이란 이름으로 바뀌기 전, 나는 얼른 술버릇을 고쳤다.

그 후에는 이상하리만치 전화가 두려워졌다. 전화를 받아도 할 말을 찾을 수 없는 것이 이유였다. 전화를 거는 일이 적어지고, 전화를 받는 일도 줄어들었다.

그렇다고, 전화를 아예 하지 않는 것은 아니었다. 나를 믿고 지지해 주는 친구들과 수화기를 잡으면, 한 시간은 기본으로 흘렀다. '벌써 시간이 이렇게 됐네.'라는 말을 할 때도 많았다. 훌쩍 지나가는 순간을 붙잡고 빠르게 나눈 이야기는 대개 주제나 영양가가 없었다. 이미 지난 이야기를 뱉기 때문에, 현재형보다 과거형이 더 많기도 했다. 하지만, 그래서 더 아무렇지 않게 이야기할 수 있었다. 이미 지나간 것에 관해 이야기하며, 서로의 반응을 듣는 것은 꽤 재미있었다.

하지만, 가면 갈수록 무언가 말하는 것에 있어 흥미를 잃었다. 내가 뱉는 말에 붙은 어떤 무게감이 조금씩 느껴지기 시작했기 때문이었다. 나는 무언가를 뱉는 것보다, 삼키기를 택했다. 그럴수록, 마음의 방은 자꾸만 꽉 찼고, 나도 모르는 사이 부피를 키워 갔다.

생각이 너무 많아서 탈이었다. 꼬리에 꼬리를 무는 생각은 뒤로 갈수록, 깊어질수록 그 무게와 크기를 스스로 더했다. 관자놀이를 꾹꾹 누르고 싶고, 뒷덜미를 당기게 만드는 것은 거의 '끝이 없는 생각들'이었다. 나는 생각의 꼬리를 스스로 자르는 법을 모르고, 누군가에게 토로하는 방식도 몰랐기에, 생각에 자주 휘둘리며 살아왔다. 요즘은 특히나 마음에 쌓인 감정 쓰레기가 걷잡을 수 없이 불어난 터라, 무엇을 읽기도 싫고, 쓰기도 싫고, 보기도 싫고, 듣기도 싫었다. 이럴 때는, 나를 그냥 내버려 두고 싶은데, '생각'이라는 것은 나를 내버려 두지 않았다. 아무것도 하기 싫을 때도 생각만큼은 열렬히 나를 괴롭혔다.

꼭 어둠이 찾아오는 밤이어야만, 새벽이어야만 이러한 생각이 고개를 내미는 것은 아니었다. 나는, 아침에 일어나서도 그리고 일을 하는 와중에도, 해가 높이 솟은 점심에도 끊임없이 생각했다. 무엇을 생각하느냐 묻는다면, 그것이 어느 한정된 주제를 가지고 있지 않다고 답할 수 있겠다. 불쑥 튀어나오는 생각은 엄청 뜬금없을 때도 있고, 아주 낯이 익을 때도 있다.

생각은 주로 걱정과 두려움, 불안감, 예상하지 못한 무언가, 어떠한 것에 대한 가능성을 동반한다. 그러므로, 더욱 나의 목과 관자놀이를 조여 오는 것에 특화되어 있다. 일을 열심히 하고 난 다음에도 나는 일에 관한 걱정을 끊임없이 했다. 하나의 글을 쓰고도 쉽게 걱정에 휩싸였다. 나의 글이 괜찮은지, 말이 되지 않는 부분은 없는지, 너무 나의 관점에 사로잡힌 것은 아닌지에 대해 생각했다.

내가 정말 오랫동안 글을 쓸 수 있을 것인지, 글을 쓰는 재능이 없는데 버티고 있는 것은 아닌, 너무 뻣뻣하게 구는 것은 아닌지, 유연한 감정과 사고를 지녀야 하는데 나의 세계는 너무 한정된 것이 아닌지, 이래서야 대체 무엇을 할 수 있는지……. 걱정은 머릿속에서 쉽사리 빠져나가지 않고 오래 머물렀다. 어쩌면, 생각이라는 회로에는 애초에 입구는 있어도 출구는 없을지도 몰랐다.

"말을 해야지. 말해야 알지, 말 안 하면 어떻게 알아. 생각만 하지 말고, 말해. 들어 줄 테니까."

끙끙 앓는 나를 보며 누군가는 말한다. 말하지 않은 채, 나의 상태를 알아주길 바란 적은 없다. 그저, 현재 나의 상황을 어떻게 말해야 할지 몰라서 입을 다물 뿐이다. 너무 길다. 너무 깊다. 어쩌면, 그래서 나는 전화를 피하는 것인지도 모른다. 아주 대단한 이야기만 해야 할 것 같아서. 상대방이 듣고 재미있다고 느낄만한 이야기만 해야 할 것 같아서. 내가 사는 이야기는 하나도 재미가 없으니까. 그래서 자꾸 수화기 저 너머로 숨는 것일지도 몰랐다.

시시콜콜한 이야기를 마구 떠들던 때가 문득 떠오른다. 무척 컸던 이야기도 친구의 한마디에 잘게 다져질 수 있었던 때. 아주 작은 이야기는 가루가 되어 멀리 날려 보낼 수 있었던 때. 누군가에게 안부를 전하고 싶어진다. 머릿속에 떠오른 작디작은 이야기를 하나로 잘 뭉쳐 본다. 분명, 상대방에게 다녀온 뭉치는 전보다 작아질 것이 분명했다. 문득, 누군가에게 안부를 전하고 싶어졌다.

무엇을 싣느냐에
따라 달라진다

걷다 보면, 유모차를 많이 볼 수 있다. 어느 유모차에는 아기가 타고 있다. 어느 유모차에는 강아지가 타고 있다. 또 어느 유모차에는 아기도 강아지도 아닌, 폐지가 타고 있다. 내가 사는 주공 아파트에는 많은 노인이 산다. 노인들은 저마다 바퀴가 달린 무엇을 가지고 있다. 그것은 거동을 편하게 만들어 주는 역할을 하기도 하고, 또 무언가를 주워 담을 수 있는 역할을 하기도 한다. 어떻게 사용하느냐에 따라 용도가 달라지는 것을 어렵지 않게 볼 수 있다. 나는 최근 들어서, 아기가 타고 있는 유모차보다 폐지가 타고 있는 유모차를 더 많이 보았다. 그것을 끄는 이들은 모두가 노인이었는데, 허리를 잔뜩 숙인 채 손잡이를 잡고 앞으로 나아가는 모습을 보고 있자면, 노인이 유모차를 밀고 있는 것인지, 유모차가 노인을 붙잡고 데려가는 것인지 잘 분간이 가지 않았다.

얕은 오르막이 있었다. 평소처럼 걷다가 뒤에서 들리는 둔탁한 소리에 걸음을 멈췄다. 유모차에서 떨어진 폐지가 바닥을 뒹굴고 있었다. 부피가 얇은 폐지는 바람에 날아가기도 했다. 유모차로 다가갔다. 당황한 노인은 날아가는 폐지와 바닥을 구르는 폐지, 이제 막 날아가려는 폐지 중 어떤 것을 붙잡아야 하는지 쉽게 판단이 서지 않는 것처럼 보였다. 노인의 황망한 표정을 보고 있던 나는 그녀에게 유모차의 폐지를 단단히 묶으란 말을 전한 후에 바닥을 구르는 폐지와 2차선 도로 건너편까지 날아간 폐지를 주웠다. 폐지가 다시 제자리로 돌아오자, 유모차가 묵직해졌다. 오르막길 위까지 함께 가자는 나의 말에 노인은 부탁한다고 답했다. 유모차의 손잡이를 한 쪽씩 잡고, 천천히 길을 올랐다. 노인의 발걸음에 맞춰 걷는 것이 답답하게 느껴지진 않았다.

"이거 내가 저기 고물상에서 주워온 거라요."

"네?"

"이거 유모차."

노인은 손잡이를 잡고 있지 않은 손으로 유모차를 몇 번

두드렸다.

"아, 그렇군요."

내가 고개를 끄덕이자 노인은 계속 말을 이었다.

"바퀴가 달렸으니, 가지고 다니기 편해. 가끔 장을 보면 그것도 넣고, 물건 주우면 그것도 넣고……. 무엇을 어떻게 넣느냐에 따라 달라지지. 넘치지만 않으면 돼. 유모차가 아니라 만능 차야."

오르막길까지 올라오는 건 그리 어렵지 않았다. 노인은 고맙다는 말을 남긴 채 나와 반대편으로 걸었다. 노인의 뒷모습을 조금 더 지켜보다가, 나도 가려던 방향으로 발길을 돌렸다.

걸으면서 보거나 만나게 되는 것, 듣는 것에는 변수가 많다. 생각지도 못한 말을 듣고, 오래 고민했었던 것이 한 번에 해결되기도 한다. 몇 마디 나누지 않았음에도 불구하고 그렇다. 어떤 말은 마음에 오래 남았다. 지금이 그랬다.

'무엇을 어떻게 넣느냐에 따라 달라지지. 그저 넘치지만 않으면 돼.'

노인이 한 말이 자꾸만 맴돌았다. 마음이 무겁거나 답답할 때, 나는 걷는 것을 택하곤 했다. 툭툭 튀어나온 감정을 발로 꾹꾹 누르면서 걷는 상상을 하면 집으로 돌아올 때쯤, 언제 그랬냐는 듯 마음이 조금 가라앉기 때문이었다. 그날도 마음에 무엇이 담겼는지 정확히 알지 못하겠지만, 무작정 묵직하게 눌러 오는 어떤 무게감에 집을 뛰쳐나와 걸었다. 그렇게 걷다가 노인과 유모차를 만난 것이다. 아기가 아니라 폐지를 태운 유모차 덕에, 그런 유모차를 만능이라 소개하는 노인 덕에 나는 내가 처한 상황을 다시 살필 수 있었다.

너무 많은 것을 담은 것이 문제였다. 마음의 용량에 비해 터무니없이 너무 많은 것을 담은 탓에 탈이 난 것이다. 우리는 가끔 없는 감정을 있다고 착각한다. 나를 파묻는 뿌연 안개와 같은 감정에게서 얼른 나올 수 있어야 하는데 우린 그러지 못한 채 어떤 형상을 한, 그러니까 내가 생각하는 상상의 모습을 한 어떠한 감정이 내 눈앞에 살아있다고 느낀다. 살아서 곧 나를 덮칠지도 몰라. 곧 나를 잡아먹을지도 몰라. 별별 생각을 하면서 일어나지도 않은, 일어나지도 않을 일을 걱정하느라 숨을 몰아쉰다.

걸으며 마음을 한 번 더 뜯어 보았다. 뼈가 앙상히 드러난 노인의 유모차를 떠올리며, 하나하나 감정을 해체했다. 가끔 사용하는 방법인데, 이런 식으로 감정을 훑으면 내가 화가 난 지점과 이유를 정확히 알 수 있었다. 나는 아주 원초적인 이유로 화가 나 있었다. 그런데, 이미 그 상황은 나를 지나친 지 오래였다. 이제 나는 똑같은 상황이 다시 되풀이되지 않도록 하면 그만이었다. 하지만, 나는 여전히 그 감정의 소용돌이 안에서 빙빙 돌고 있었다. 그러니, 속이 좋지 않고 어지러울 수밖에.

나에게 없는 감정을 잘 구분하는 것이 필요하다. 마음을 잘 선별하는 것은 나의 정신을 건강하게 만드는 하나의 방법이다. 없는 감정 때문에 속상해하지 말자. 이렇게 생각해도 또, 살아가면서 어쩔 수 없이 이런 비슷한 일이 생기게 마련이겠지만, 우선 지나간 감정은 지나간 것으로 두는 연습을 꾸준히 하는 것이 좋겠다.

집으로 돌아오면서, 다시 여러 유모차와 마주쳤다. 안에 무엇이 들었는지, 무엇이 얼마만큼 들었는지는 굳이 들여다보지 않았다. 나는 없는 감정을 쓸어낸 후의 빈자리만을 생각했다.

'내가 좋아하는 가장 선명한 것으로 마음을 채워야지. 나를 챙기는 것, 지키는 것, 달래는 것 전부 다 온전히 내가 해야 하는 일이니 게을러지지 말아야지. 아, 이 복잡한 세상에서 살아남으려면 정말이지, 자신의 마음을 푸는 방법 정도는 각자 한 가지씩 가지고 있어야겠구나. 정말, 정말로.'

주문을 외듯 중얼거리며, 홀가분한 마음을 안고 걸었다.

마음에 맴도는
어떤 멜로디

어떤 멜로디가 종일 마음을 잠식할 때가 있다. 반복되는 한 마디가 계속 맴도는 것처럼 괴로운 일은 또 없다. 어떤 일을 하다가도, 아무 생각을 하지 않다가도 우린 그 멜로디를 흥얼거릴 수밖에 없게 된다. 최대한 그 멜로디를 생각하지 않으려 하면 할수록, 그것은 더 선명히 우리의 머릿속에 맴돌게 마련이다.

A를 볼 때마다 나는 머릿속에서 어떤 멜로디가 울리는 것을 느꼈다. 그것이 무언가의 시작을 알리는, 예를 들어 학교 종소리와 같이 단조로운 멜로디를 가지고 있다는 것을 느꼈을 때 나는 순식간에 중학생으로 돌아갈 수 있었다. 아주 어

린 날, 누군가에게 뱉는 말의 무게를 전혀 고려하지 않을 때였다. 비로소, 나는 A를 볼 때마다 마음에 툭툭 무언가 걸리는 느낌이 들었던 이유를 알 수 있었다. 묵직한 마음을 알아차리자마자, 온몸에 단조로운 멜로디가 맴돌았다. 정확한 가사를 알 수 없고, 그 반복되는 마디 말고 다른 음절도 떠오르지 않았다. 속 시원하게 이 감정을 비우기 위해선, 마음의 멜로디를 따라가는 수밖에 없었다.

A와 나는 매일 마주치는 사이가 아니었다. 정말 '어쩌다' 한 번 마주치는 사이였다. 그렇지만, 한 번씩 그렇게 마주치게 될 때마다 내 안에 있는 멜로디는 단조로움을 넘어 더욱 복잡해졌다. 여러 가지의 노래가 한 번에 울리는 느낌이 들기도 하고, 피아노를 누군가 있는 힘껏 내리치는 소리가 들리는 것 같기도 했다. 절대 무시할 수 없는 마음의 소리였다. 이 멜로디를 끝내야겠다고 생각한 건, 그러고도 한참이 지나서였다.

나는 A에게 분명 사과할 것이 있었다. 교복을 입고 다녔을 때의 일이다. 나보다 어렸던 A에게 나는 살갑게 굴지 않았다. 대체 무슨 생각으로 그랬던 것인지, 고작 몇 살 차이 나지 않는 그녀가 나에게 존댓말을 쓰길 바랐다. 다른 언니들이 나에게 시킨 것처럼, A도 나에게 그렇게 하길 바라는 아주 치졸한 마음이었다. 그러니까 나는, 어디에서 빵 맞고 어디에서 화풀이하는 것처럼 A의 마음을 줄곧 불편하게 만든 것이다.

A를 밀치거나 육체적으로 아프게 한 적은 없다. 인사를 받아 주지 않는 것이 다였지만, 그것을 '고작'이라 표현할 수 없는 것도 잘 알고 있다. 어린 시절에 받는 이유 없는 미움은 오랫동안 마음에 남는 법이니까. 그래서 내가 이렇게 벌을 받나, 그래서 내가 이렇게 마음이 무겁나, 싶은 생각이 성인이 되어서야 들었다. A에게 사과해야겠다고 마음먹었다. 정말 미안했다고. 정말, 정말 그때 네가 미워서 그런 게 아니라 내가 소위 말하는 '잘나가는' 아이들을 흉내 내고 싶어서 그런 것이라고 솔직하게 털어놓아야 했다.

학교를 같이 다니거나, 매일 같은 장소에서 만나는 사이가 아니었기 때문에 나는 A를 마주칠 순간이 오기를 기다리고 또 기다려야 했다. 연락처도 몰랐고, 알았다고 해도 텍스트 형식의 사과는 전하고 싶지 않았다. 눈을 마주 보며 사과를 하고 싶은 마음이 간절했다. 그러던 어느 날, 어떤 공간에서 나는 A를 만났다. A가 먼저 나에게 말을 걸었다.

"언니! 요즘 글 쓰신다고 들었어요. 너무 멋져요. 저 언니 책 사서 읽으려고요, 너무 궁금해요!"

A의 말에는 한 치의 구김도 없었다. 그래서, 나는 더욱 사과하고 싶어졌다.

"있잖아, 어렸을 때 말이야. 우리 자주 마주쳤을 때, 내가 네 인사를 제대로 받은 적이 없는 것 같아. 항상 너를 볼 때마다 마음이 너무 무겁고 미안했어. 사과를 꼭 하고 싶었는데, 매번 그 타이밍을 놓쳤었어. 너무 늦었지만, 이제야 사과해. 정말 미안했어, 그때는."

그러자 A가 되레 눈을 동그랗게 뜨고 말했다.

"언니가 저한테 그렇게 굴었다고요? 기억이 안 나는데요? 정말 하나도 기억 안 나요, 언니. 괜찮아요."

A가 환하게 웃었다. 우리 사이에 한바탕 웃음이 오갔다. 나는 네가 기억하지 못하더라도 사과는 해야겠다고, 다시 한번 정말 미안하다고 말했다. A는 정말 괜찮다며 언니가 너무 진심으로 말하니 본인이 오히려 마음이 이상해진다며 웃었다. 그리고 A는 다시 말했다.

"언니, 그때가 언제였는지 모르겠지만, 나는 언니를 좋게 기억하고 있어요. 오히려 제가 민망해지네요. 저도 누군가에게 못되게 굴었거든요. 한창 어릴 때요. 그 친구들을 만나면, 언니처럼 꼭 사과하고 싶어요. 언니, 저한테 이런 마음이 생겨나게 해 줘서 고마워요."

다음에 만나게 되면, 더 반갑게 인사하자는 말을 끝으로 A
와 나는 각자의 길을 걸었다. 나는 마음이 홀가분해짐과 동
시에, 정말이지, 사과는 제때 하는 것이 맞다는 결론에 다시
한번 도달했다. 그 당시에는 그게 잘못한 일인지, 사과해야
하는 일인지 판단이 서지 않을 수도 있지만, 조금이라도 시
간이 지난 후, 내가 잘못했단 판단이 들게 되면 아낌없이 미
안하다는 말을 뱉을 수 있는 사람이 되는 것이 좋다. 그것이
나를 이리도 편하게 만든다.

　사과를 어떻게 해야 할지 모르겠다고 말하는 이들에게 알
려 주고 싶다. 사과를 잘하는 방법은 없다. 사과는 누구나
할 수 있는 것이다. 미안하다는 말을 뱉고 나면 그 말이 마
음에 들어있을 때는 썩은 내가 나고, 뱉을 때는 향긋하다는
것을 충분히 경험할 수 있다. 누군가에게 잔뜩 미안해하고
나니 참 평화롭다. 머릿속을 울리던, 아주 단조로운 멜로디
가 사라졌다.

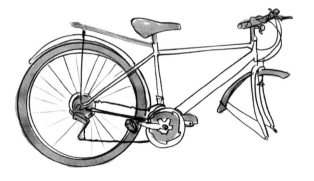

우울은 가끔
나의 좋은 친구가 되어 준다

항상 같은 자리에서 고개를 삐딱하게 돌리고 있는 것이 마음에 걸려 지나가면서 매번 쳐다보았던 자전거가 있다. 얼마나 쌩쌩 달렸는지, 자전거의 바퀴와 페달은 온통 흙투성이다. 자전거 앞에는 나비 장식이 달렸다. 그 장식처럼 날고 싶었던 걸까? 날고 싶었는데 자꾸만 진흙에서만 구르게 되니 그만 서러운 마음이 들어 고개를 숙이고 있던 걸까? 자전거에 여러 생각을 가져다 붙이는 걸 보니, 또 은은한 우울을 겪는 시기가 온 듯했다.

버려진 자전거를 보면서 문득, 나의 목표는 무엇일까 궁금해졌다. 자전거는 가만히 있는 것보단 달리는 것에 관한 목적이 있을 수 있겠다. 나는 자전거가 아니니, 달리는 것과는 다른 나만의 목표가 있어야 했다. 하지만, 그즈음에는 아무런 목표를 가질 수 없었다. 한밤중에는 다음날에 관한 기대로 부풀었다가, 정작 다음 날이 되면 쨍한 볕에 속절없이 녹아들고 저녁이 되면 낮을 살아내느라 기력을 모두 소진해 남은 동력으로 겨우 하루를 마감하는 날을 반복하고 있었다. 가끔 찾아오는 우울은 적당할 줄 몰랐다. 적당한 우울은 나를 긴장하게 만들고, 읽게 만들고, 쓰게 만들고, 보게 만들지만, 우울감이 1g이라도 넘치는 날에는 그러지 못했다.

읽지도 못하고, 쓰지도 못하고, 보지도 못하는 날이 늘었다. 쓰고 싶은데, 쓸 수 없었다. 바닥의 깊이를 도무지 가늠하지 못한 채로 가라앉기만 했다.

내가 사는 아파트에는 동마다 자전거를 보관할 수 있는 보관소가 마련되어 있다. 그곳에는 주인을 잃은 자전거가 많다. 먼지가 잔뜩 쌓여 있거나, 지나가는 길고양이의 작은 안식처가 되어 주는 자전거는, 거미줄과 쌓인 낙엽으로 인해 스산한 분위기를 풍긴다. 쌓인 자전거를 볼 때마다, 나는 처음 자전거를 배웠던 순간을 떠올렸다. 정확히 누구에게 자전거 타는 법을 배웠는지 기억이 나지 않지만, 희미한 기억을 조금 더 들여다보자면, 어떤 식으로 배웠는지는 떠올릴 수 있었다.

넘어지지 않고 자전거를 잘 타는 방법을 알려 줬던 그 사람은 나에게 오른쪽으로 넘어지려고 하면 왼쪽으로, 왼쪽으로 넘어지려고 하면 오른쪽으로 핸들을 꺾으라고 했다. 나는 그 말을 곧잘 알아들었고, 페달을 밟으면 밟을수록 점점 더 괜찮은 자전거 타기를 연마할 수 있었다. 그 말이 떠오른 이유는 바로 살짝 넘친 1g의 우울로 인해 마음이 휘청거리는 탓이리라. 제때 비우지 못한 마음은 한쪽으로 자주 쏠려 나를 휘청이게 했다. 점점 아래로 무게를 더하는 마음의 어떤 것이 소화도 잘 되지 않게 하고, 이리 누워도 저리 누워도 잠을 잘 수 없게 만들었다.

주변이 조용하면, 덩달아 고요해지는 것이 아니라 마음에서 새어 나온 잡음이 나의 머리를 시끄럽게 울렸다. 나는 그럴 때면, 두더지 게임을 하는 것처럼 곳곳에서 튀어 오르는 생각을 꾹꾹 누르기 바빴다. 빼낼 생각을 하거나 그 두더지가 어떻게 생겼는지 확인해 보지도 않고 그저 생각을 다시 원래 있던 곳에 넣기 위해 애쓰곤 했다.

그렇게 마음에 꾹꾹 묻어둔 것들 때문에 망설여지면 가끔은 걷기도 싫고, 숨쉬기도 버거워지는 것이었다. 그냥 누워서 나를 납작하게 만들고 싶었다. 마음에 든 것이 더는 찰랑

거리지 않고 가만히 가라앉게 만들고 싶었다.

사실, 무엇이 나를 힘들게 만드는 원흉인지 찾는 것은 그리 어렵지 않았다. 내가 끝까지 들여다보지 않으려 했던 것, 일부러 시선을 피했던 것에 정답이 있었다. 그런 것은 마음에 계속 남겨 두지 말아야 했다. 그런 것은 시간이 갈수록 자기들끼리 뭉치고, 휩쓸리고, 깎여 뾰족한 모습을 가질 수도 있었기 때문에 조심해야 했다. 마음을 구르는 뾰족함은 예고 없이 몸 곳곳을 찌르기도 했다. 무방비한 상태에서 훅 들이치는 감정은 깊은 상처를 남기기 충분했다.

마음의 바닥에 뾰족한 것은 없는지, 있다면 그게 왜 생겼는지, 둥글게 갈아 줄 수는 없는 것인지, 이걸 어디다 버리면 좋을지 매번 생각하고 고민하는 단계에 서 있다. 아주 작은 것만으로도 쉽게 부풀어 오르는 마음이 뾰족한 것에 닿아 큰 소리를 내며 터지지 않도록, 마음을 잘 수거해 버리는 과정을 반복하는 것을 조금씩 익혀 보려 한다.

Part 3

○

차마
버리지
못한

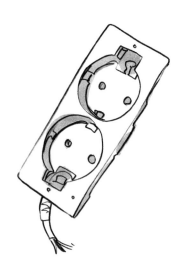

인생의 스파크를
기다리는 사람들

성인용품점 2층에 있다는 철학원은 정확한 주소가 나오지 않아 나를 한참이나 헤매게 했다. 가뜩이나 어젯밤 내린 눈으로 인해서 기온이 뚝 떨어진 아침이었다. 꼬박 밤을 새운 푸석한 얼굴의 나는 남들이 출근하는 평일 오전 여덟 시에 철학관을 찾았다.

"소름이 돋는대. 들어가자마자 뭘 물어보고 싶은지, 왜 왔는지 바로 맞히신대. 평일에 가도 한참 기다려야 한대. 오전 9시에 문을 여는데 새벽 6시부터 기다리는 사람도 있대. 할아버지께서 몸이 안 좋으시면 아무리 오래 기다렸어도 그날 못 볼 수도 있대."

미용실에서 철학원의 정보를 알게 됐다는 친구의 말을 곱씹으며 눈을 뜨자마자 철학원으로 향했다. 내 앞에는 나처럼 길을 헤매다 온 사람들이 열셋이나 있었다. 그 뒤로도 다섯 명이 더 들어왔다.

좁은 대기실은 조용했다. 나의 앞날을 봐 줄 할아버지의 목소리가 굳게 닫힌 오른쪽 방에서 들려 왔다. 몸을 뒤척이는 소리도 곳곳에서 들려 왔다. 여자 둘이 자리에서 일어섰다. 기다림을 참지 못한 둘은 스스로 삶을 개척하려 대기실을 나섰다. 나머지 사람들이 자리를 당겨 앉았다. 이곳에는 보이지 않는 질서가 있었다. 다들 처음 오는 것일 텐데 신기했다. 아니다. 어쩌면 몇 번 와 본 사람도 있겠다.

의자는 여섯 개씩 두 줄. 누군가 자신의 앞날에 관한 이야기를 듣고 나오면 모두가 일어섰다. 마치, 그 사람을 배웅하듯이. 그러고 자리를 당겨 앉았다. 반복되는 기다림이었다. 열두 번째 이후로 도착하는 사람은 자리에 앉을 수 없었다. 대기실 문은 환기를 시켜야 하니 조금 열려 있어야 했다. 이제 막 들어온 누군가가 문을 닫으면 어디선가 문을 조금 더 열어야 한다는 목소리가 울렸다. 모두가 지친 목소리였다.

사람들은 저마다 서로 다른 이유로 여기 앉아 있었다. 평일 오전 여덟 시에. 그들은 둘씩 오기도 했고 혼자 오기도 했다. 이어폰을 나눠 끼고 어떤 과목의 강의를 보는 둘, 노래를 듣는 둘, 졸고 있는 하나, 물어볼 질문을 준비하는 하나, 핸드폰을 보는 나머지. 나는 어디에도 속하지 않은 채 멍하니 정면을 바라보고 있었다.

[거리 두고 앉으세요! 화장실은 결빙으로 사용할 수가 없음니다. 미안합니다.]

할아버지의 글씨가 적힌 종이가 눈에 들어왔다. 단박에 뜻을 파악할 수 있는 글이지만, 나는 그것을 읽고 또 읽었다. 달리 할 일이 없었다.

나는 왜 여기에 있지. 뭘 물어보고 싶은 거지. 나름의 질문을 준비했어도 막막하기 짝이 없었다. 앞으로 잘 살 수 있을까요? 정말 잘 살 수 있나요? 정말. 잘 살 수 있는 건가요? 어떻게 하면 잘 살 수 있나요? 언제쯤 잘 살 수 있게 되는 건가요? 잘 사는 건 대체 무엇인가요? 왜 잘 살아야 하나요? 머릿속의 물음표는 끝이 없었다. 나는 왜 엄한 사람에게 나의 앞날을 물어보려 하는 걸까? 갑자기 회의감이 들었다. 바보 같았다. 그래도 난 일어나지 않고 자리를 지켰다. 나만 내 앞날을 막막해하고 궁금해하는 줄 알았는데. 다들 이렇게 살고 있구나. 다들. 다들 그렇게 사는구나. 나는 영영 이름을 모를 사람들의 뒷모습과 옆모습을 바라보며 생각했다.

내 옆에 앉은 여자가 가방에서 종이와 펜을 꺼냈다. 고개를 푹 숙였다가, 다시 들기도 하는 그녀는 들어가서 자신이 하고 싶은 말을 쓰고 있는 것 같았다. 하고 싶은 말과 듣고 싶은 말에는 무슨 차이가 있을까? 나는 여자가 한 장 가득 무언가를 써 내려갈 때까지 답을 내리지 못했다. 그런 생각을 하는 사이 또 누군가가 나가고, 모두가 자리를 옮겨 앉았다. 사람들이 움직일 때마다 여러 가지의 냄새가 섞여 들었다. 삶의 냄새겠지. 많은 냄새가 섞인 대기실 안에서 나는 불투명한 나의 미래를 그려 보았다.

근래, 마음에 드는 것이 하나도 없어서 조마조마했다. 마음이 답답한 상태로 글을 쓰니, 글까지 답답해 보여 며칠 무언가를 읽거나 쓰지 않았다. 그러니 또 무슨 문제가 있냐면, 마음이 종일 허했다. 평생 쓰면서 살고 싶다고 생각했는데, 이런 상황이 올 때마다 대체 어떻게 해야 할까 싶다. 마음이 잡히지 않아서 불안하고, 마음이 시원하지 않아 귀찮았다. 줄곧 내 옆을 지키던 여자가 방에 들어갔다가 나왔다. 모두가 일어나 자리를 당겨 앉았다. 이제 대기실에 나의 자리는 없었다. 반쯤 열린 문을 밀고 들어가니, 세로로 긴 방의 끝에 계신 할아버지가 보였다. 그의 앞에 놓인 의자에 앉아 괜히 마른침을 삼켰다.

할아버지는 나를 빤히 바라보셨다. 생년월일을 물으시기에 말씀드렸더니, 나의 띠인 '백마'처럼 새하얀 패딩을 입고 왔냐는 농을 건네셨다. 너무 긴장한 탓에 웃을 타이밍을 놓쳐 어쩔 줄 모르고 있는데, 가로로 긴 종이에 무언가 빼곡히 쓰였다. 그것은 마치 짝을 찾는 기호처럼 생기기도 했고, 도형처럼 생기기도 했는데, 할아버지는 그 기호와 도형 안에서 내가 보지 못하는 것을 분명히 보시는 듯 과감하게 줄을 그어 무엇과 무엇을 잇곤 하셨다.

얼마의 시간이 지났을까? 할아버지는 입을 여셨다. 나더러 결혼을 일찍 하는 것이 좋다는 말을 건넨 할아버지는 곧 좋은 남자를 만날 수 있을 것이니 걱정하지 말란 말을 덧붙이신다. 나는 덜컥 내가 좋은 남자를 만날까 겁이 나는 상태에 이르렀다. 결혼이나 연애에는 별 감흥이 없었다. 다른 미래는 없냐며 닦달할 수는 없는 노릇이니 잠자코 기다렸다. 나의 미래에는 얼마나 많은 경우의 수가 있을까? 혼자 애가 타는데, 할아버지는 느긋하시다.

"결혼이나 연애에 별 관심이 없나 보네. 근데, 정말 남자가 들어오기는 해."

나는 고개를 끄덕였다. 할아버지는 나를 슬쩍 보시고는 전반적으로 좋은 한 해를 보낼 것이란 말을 시작으로 다른 경우의 수의 나에 관해 이야기를 해 주신다.

"넓은 바다와 같은 마음을 가졌구나. 물을 잔뜩 머금은 흙과 같기도 하고."

내가 좋아하는 단어들이 나와 나는 살짝 기쁘다. 할아버지를 마주하고 있자니, 아까 대기실에선 전혀 생각나지 않았던 단 하나의 질문이 떠올랐다. 나는 허리를 펴고 자세를 고쳐 앉아 질문을 꺼냈다.

"저는 오랫동안 글을 쓰고 싶어요. 괜찮을까요?"

할아버지는 다시 가로로 긴 종이에 무언가 그림을 그렸다. 동그라미, 세모, 네모. 그러다간 고개를 천천히 끄덕이신다.

"있어."

"있어요?"

반가운 마음에 들썩였다.

"있어. 세상에서 소외된 사람들의 마음과 세상을 이어 주는, 그런 글을 쓸 수 있을 거야."

꿈을 꾼 듯 황홀해졌다. 문밖을 나서자 나처럼 막막한 미래를 안고 있던 사람들이 벌떡 일어나 자리를 옮겼다. 나는 그들의 배웅을 받으며 가벼운 발걸음으로 좁은 계단을 내려갔다. 살면서 처음 본 이에게 글을 쓸 수 있을 거라고, 오랫동안 글을 쓸 수 있을 것이니 쉬지 말라는 이야기를 들었다.

죽을 때까지 글을 쓰자고 외치던 내 마음의 목소리보다 처음 만난 사람의 목소리에 귀를 기울인다는 게 약간 아이러니하지만, 아무튼 나는 마음을 놓았다. 미래를 다녀오는 동안 눈이 내렸다. 다른 곳으로 옮겨가는 인도에 나의 발걸음이 묵직하게 찍혔다.

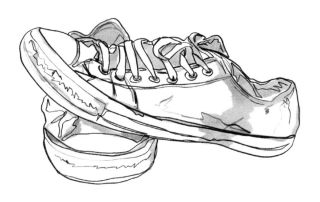

내 주변을 자꾸
맴도는 꿈이 있다

서울에서 꿈을 이루리란 원대한 포부를 가지고 신발 끈을 꽉 매던 때가 생각난다. 그 이후로도, 무언가를 할 때마다 쪼그려 앉아 다짐하듯 신발의 끈을 있는 힘껏 조였다. 하지만, 언제까지나 달릴 수 있을 것 같다가도 어느 날은 자꾸 풀리는 신발 끈처럼 맥없이 늘어지곤 했다. 그런데도 멈추지 않고 끈을 꽉 조이고 달린 이유는 단 하나. '꿈'이 있었기 때문이었다.

'배우'고 싶었다. 하지만, 연극영화과란 전공이 무색하게도 나는 자꾸 엉뚱한 길만 걸었다. 절실한 꿈을 가지고 장난치는 인물이 길을 가로막는 바람에 나는 가다 서길 반복했다.

나는 그들의 달콤한 말에 금세 넘어가기 일쑤였고, 종국에는 운동화 끈을 힘껏 조일 힘도 없이, 그저 다 터진 운동화를 질질 끌고 모래사막을 걷는 기분을 느꼈다. 꿈은 점점 멀어져 갔다. 꿈을 꿀 때마다 이 꿈은 내 꿈이 아니라고 느꼈다. 꿈에 끌려다녔다. 꿈이 나를 비춰 주고, 내 그림자가 고스란히 길어지며 더 멋져지는 순간을 차마 느껴 보지 못했다.

꿈은 실체를 가지고 있지는 않지만, 그러니까 손으로 직접 만질 수 있는 것은 아니지만, 언제부턴가 나는 신발 끈을 조이면서 꿈을 만진다고 생각했던 것 같다. 그즈음에는 정말 꿈만 생각했다. 고향으로 도망치듯 내려오자마자 제일 먼저 한 일은 서울에서 생활할 때 신었던 운동화를 모조리 버리는 것이었다. 운동화가 자꾸 나를 따라오는 기분이 들었지만, 절대 뒤를 돌아보지 않았다. 돌아보면, 운동화가 무슨 말을 하려는지 괜히 기대를 품고 기다릴 것 같아서 였다.

신발을 버리고 돌아설 때, 모르는 번호로 전화가 왔다. 전화를 받는 순간 '캐스팅'이라는 단어가 내 마음을 가볍게 쿵 쳤다. 손에서 놓은 꿈은 자꾸만 내 주변을 맴돌았다. 하지만, 나는 전처럼 마음이 설레거나 들뜨지 않았다.

"활동하시나요?"

차분한 목소리에 담담하게 답했다.

"아니, 이제 안 해요."

수화기 너머의 상대는 내가 왜 그런 결정을 내리게 되었는지 전혀 궁금해하지 않았다. 전화는 속절없이 끊기고 나는 끊긴 전화를 한참 바라본다. 이제 다시 그 꿈을 꾸지 않는다고 말하는 일이 이렇게 가볍게 진행될 줄은 몰랐다. 정말이다. 나는 이제 다시 그 꿈을 꾸지 않아요. 이 말을 하는 순간이 이렇게 불쑥 찾아올 줄이야.

이제 더는 그 '꿈'을 꾸지 않는다고 말했을 때, 주변 사람들은 각기 다른 반응을 보였다. 잘 선택했다고 말하는 사람은 물론 아쉬워하는 사람도 있었다. 나는 그들 앞에서 어떤 표정도 보이지 않았다.

마음의 꿈을 잃은 사람은 공허하다. 텅 빈 마음의 방을 나는 여태 창고로 썼다. 그곳에 꿈에 대해 말을 얹는 사람의 표정을, 문득 꿈을 그리워하며 뒤를 돌아보는 나를, 일상에 남아 있는 꿈의 조각을 넣었다. 정리하지 않은 그 방은 언제라도 문을 벌컥 열어젖히며 쏟아질 것 같다. 굳게 닫힌 문 너머에선 갖가지의 소리가 들리지만, 나는 내 의지로 그 방의 문을 열 일이 없을 것이란 걸 안다. 그저, 나는 가끔 문 앞을 지키고 서 있다. 한때 쉬지 않고 나를 달리게 했던 '꿈'이 그 안에 있음을 아는 것으로 나는 나를 위로한다.

차이고 밟히더라도

끝내

L을 만나러 가는 길에 찌그러진 깡통을 보았다. 한껏 밟힌 모습은 잔뜩 기가 죽은 것처럼 보였다. 바닥에 납작하게 붙은 깡통 몇 개를 주웠다. 여기 더 있어 봤자, 지나가는 사람들 발에 치여 상처만 더해질 것이 분명했다.

깡통을 손에 쥐고 버릴 수 있는 곳을 찾으면서, 나는 몇몇 사람을 떠올렸다. 아주 단편적인 기억이었는데, 꽤 생생했다. 떠오른 사람은 Y 선배였다. 그는 편의점에서 판매하는 캔맥주를 굉장히 좋아했다. 처음 그 이야기를 들었을 때는, 캔을 따서 벌컥벌컥 들이켜는 모습을 상상했다. 하지만, Y 선배는 그런 식으로 캔맥주를 먹지 않았다.

"안에 뭐가 들어 있을 줄 알고. 나는 눈으로 직접 확인하는 걸 좋아해."

Y 선배는 캔맥주를 살 때 꼭 종이컵도 함께 샀다. 그리고 캔맥주를 따자마자 종이컵에 부어 조금씩 먹었다. 내가 상상했던 모습과 전혀 다른 모습이었다. 그래서 더 오래 기억에 남았다. 선배와 마주 앉아 인생에 관한 시시콜콜한 이야기를 나누고, 막막한 각자의 미래를 생각하며 깔깔 웃던 때는 지났다. 나는 지금도 Y 선배가 캔맥주를 좋아하는지, 여전히 알 수 없는 캔의 속을 불신하는지, 알 수 없다. 가끔은 이렇게 평생 갈 것 같다가도 홀연히 사라지는 인연이 있게 마련이다.

결국, L을 만나는 장소까지 깡통을 들고 와 버렸다. 버릴 곳을 찾지 못했다는 나의 말에 L은 그저 웃기만 했다. 가게에 있는 분리수거 통에 깡통을 버리고 자리에 앉자마자, L이 말했다.

"요즘에도 쓰레기 줍고 다녀요?"

"눈에 보이면."

"요즘에도 거리에 쓰레기가 많아요?"

"아예 없지는 않지."

L은 몇 번 고개를 끄덕였다. 그리고 잠시 말이 없었다. L

은 함께 대화를 나누다가도 가끔 이렇게 혼자만 어느 세계로 다녀오곤 했으므로, 나는 묵묵히 그를 기다렸다. 어딘가를 훑고 온 그가 말했다.

"어제 무슨 영화를 봤었는데, 옛날 영화였거든요. 거기서 나온 조폭 이름이 깡통이었어요. 왜 깡통이냐면, 배운 것도 없고, 무식하고, 또 맷집이 세다는 이유 때문이었어요. 맞아도, 밟혀도, 조금 찌그러졌다가 다시 펴지는 뭐 그런⋯⋯."

"아까 봤잖아. 그만큼 찌그러지면, 다시 원래대로 돌아오기가 힘들지 않을까."

"그렇죠. 근데, 이게 왜 생각이 났냐면⋯⋯. 옛날에 제 별명이 깡통이었거든요."

"왜?"

"모르겠어요. 별명이란 게 다 그렇잖아요. 나는 이유를 모르고, 내가 지은 것도 아니고. 그냥 남들이 부르는 이름."

나는 몇 번 고개를 끄덕이다 말았다. L을 깡통이라 부르는 사람들을 생각했다. 무슨 이유에서 그렇게 부른 것인지 전혀 알 수 없었지만, 짐작하려 들지도 않았다. 나는 내가 들고 온 찌그러진 깡통이 L이 떠올리고 싶지 않은 무언가를 떠올리게 한 것은 아닐까 걱정되었다. 잠시 인상을 찌푸리고 있을 무렵, L이 말했다. 그 사이에 또 어딘가를 다녀와 이야기의 맥락은 맞지 않았지만, 나는 그가 무슨 이야기를 하는지, 하려는지, 하고 싶은지 충분히 알 수 있었다.

"나는 남들보다 돈을 못 벌어요. 그런데, 남들보다 분명히 행복하게 살 자신은 있어요. 나한테 자신의 삶을 자랑하는 사람들에게 이렇게 말해요. 그래, 그렇구나. 근데 그래서 넌 행복하냐? 그럼 거의 다 대답을 못해요. 나는 할 수 있거든요. 나는 지금 내 삶에 만족하고, 그러면서 나를 더 키워나갈 거예요. 행복도 야무지게 챙기고요."

'행복'. 나는 L이 꼭꼭 씹어 뱉은 행복이란 단어를 오랫동안 생각하지 않을 수 없었다. 행복이란 과연 무엇일까? 사람마다 느끼는 경우가, 척도가 분명히 다른 것이겠지. 나는 어떤 순간에 행복을 느낄까? 어쩌면 행복보다 불행에 더 치우친 삶을 살고 있지는 않을까? 그런 것의 기준은 또 무엇일까? 여러 생각이 들었다. 나는 나에게 행복이 다가오는 순간을, 나에게 충만해지는 순간을 사실 곧이곧대로 느끼지 못했다. 마치 다른 이에게 가야 할 행복이 나에게 온 것처럼, 나란 사람은 행복을 느끼면 안 되는 것처럼 고개를 숙이고 피했다. 지금은 때가 아니야, 아직 행복할 때가 아니야, 하면서 무작정 겁부터 낸 것이었다.

그래서일까. 행복이란 것을 제대로 느껴본 지가 언젠지 까

마득했다. 나중에 꺼내 본 행복은 나에게 처음 다가왔을 때처럼 선명하지 않다. 결국, 나는 빛바랜 행복을 들여다보며 역시 이 행복은 내 것이 아니었다고 확신하기에 이른다. 일을 하며, 좋아하는 것을 하며, 찾아오는 행복과 불행 중에 나는 굳이 불행을 찾아 반겼다. 아득한 미래, 불확실성, 곁에 바짝 따라붙는 조급함, 열등감 같은 것을 일부러 찾아 경험하느라 행복을 미룬 것이다.

어느 정도의 불행은 나와 함께 가는 것이 좋다. 하지만, 행복이 찾아왔을 때 그것을 미루고 불행을 먼저 찾아 먹는 습관은 분명, 고쳐야 할 부분이 아닐까?

"밟히고, 구겨지고, 패이고, 찌그러지더라도⋯⋯."

L이 말을 이어가지 않아도, 나는 그가 할 말이 어떤 뉘앙스를 가졌는지 알 수 있었다. 행복에 관해 말을 뱉는 L을 보며, 나는 움츠렸던 어깨를 조금씩 폈다. 행여나, 나에게 찾아올 행복이 나를 찾지 못해 지나치는 일이 없도록. 언제라도 온전히 가슴에 담을 수 있도록.

정신과 상담은
시시했다

나는 병원 어느 소파에 앉아 종이 몇 장에 내 마음을 옮기고 있었다. 빼곡한 검사지에 하나하나 나의 옛 생각과 옛 마음과 현재의 감정과 문제가 될 수 있었던 상황을 적었다. 사실, 나는 나에 대해 잘 몰랐기에, 어떤 문항에는 답을 적지 못하고 오래 망설였다. 그러다가도, 이런 질문에 정확한 답이, 정해진 답이 있긴 있나 싶어서 다시 펜을 들길 반복했다. 나는 내가 정신과에 온 이유부터 정확히 하고 싶었다.

공황장애 증상은 언젠가부터 나를 괴롭혔다. 사람이 많은 공간이나 처음 가 보는 공간에서 갑작스럽게 엄습하는 불안감을 마땅히 해치울 능력이 나에게는 부족했다. 가슴을 부여잡고 쪼그려 앉거나, 파도처럼 덮치는 불안감에 그대로 떠밀려 바닥에 넘어진 적이 많았다. 나는 이러한 증상이 온 전히 내 마음 깊은 곳에서 시작됨을 알고 있었다. 그것이 스 멀스멀 올라와 모습을 드러내는 순간이 언젠지도 정확히 알 았다. 하지만, 그때마다 나는 번번이 내 육체를 두고 도망쳤 다. 정신을 잃은 몸은 그저 쉽게 무너질 수밖에 없었다.

나는 나에 관해 누군가와 진득하게 이야기를 나누고 싶었 다. 공황장애가 몸을 잠식하게 된 원인과 어떤 불안과 또 어 떤 불안을 동글동글 뭉쳐 크기를 키워 나가는 나의 행동에 관해 지적을 받고 싶기도 했다. 모든 문제가 나의 마음에서 불거지는 것 같아 내내 자책하던 때였다.

붕 뜬 상태로 진료실로 들어간 나는 조금 지쳐 보이는 선 생님의 앞에 앉았다. 정신과 선생님은 하나도 궁금하지 않 은 얼굴로 나의 지나온 생을 궁금해했다. 내가 생각하는 나 의 문제가 나열된 종이를 선생님은 오랫동안 들여다봤다. 그는 마치, 종이가 걸어오는 말에 대답하는 것처럼 고개를 끄덕이며 아주 간결한 대답을 하기도 했다. 대부분 '괜찮아 요. 그럴 수 있어요. 그랬군요.'라는 말이었다.

선생님과의 상담은 대부분 15분 이내로 끝났다. 14일이라 는 간격을 두고 만나는 자리에서 나는 우리가 마주하지 못한 14일 동안 내가 겪은 일에 관해 이야기했다. 대부분, 마음에 쌓인 감정을 풀어놓는 말이었는데, 어떤 감정은 이미 오래전에 지나간 터라 말을 하다가 대뜸 멈추기도 했다. 그러는 동안에 나는 마음이 조급해짐을 느꼈다. 이야기를 조금 더 현실적으로, 조금 더 제대로 해야 한다는 생각이 들었기 때문이었다. 앞에 앉은 선생님이 혹시나 내 이야기를 들으며 지루하지는 않을까? 힘들지는 않을까? 나 말고 정말 많은 환자를 볼 텐데 나라도 좀 가벼운 이야기를 해야 하는 거 아닌가? 별별 생각이 머리를 잠식했다.

그러는 동안, 나는 내가 이곳에 온 목적을 잃고야 말았다. 내가 치료받으러 갔음에도 불구하고, 선생님께는 그 어떤 힘듦도 주고 싶지 않다는 묘한 오기가 발동해서 그가 잘 지냈냐고 물어보면 나는 무조건 잘 지냈다고만 답했다. 나를 제외한 모든 이에게 '착한 사람'이 되고 싶다는 어떤 콤플렉스가 바로 여기에서도 동한 것이었다. 나의 마음과 정신을 돌보러 간 정신과에서까지 속을 털어놓지 못하고 상대방을 위하다니. 나는 나의 한결같은 모습에 헛웃음이 났다. 그리고, 언제까지고 나는 이런 식의 삶의 방식에서 벗어나지 못할 것임을 알았다.

넣어 둔 위로를
꺼내 보는 일

마음의 서랍에는 온갖 것이 다 들어 있다. 그야말로 '것'
이다. 어떤 기억, 노래, 주고받은 편지, 장소, 그때 났던 냄
새, 함께였던 누군가…… . 갖가지 형태를 한 그것은 크기와
무게가 죄다 다르지만, 어떻게든 나를 이루는 하나의 조각
이란 공통점을 가지고 있다. 나는 가끔 이 서랍을 열어 함께
도망치고 싶은 '위로'를 고른다. 나는 나를 도망가게 해 줄
기억 하나를 붙들고, 아주 안전하게 현실의 갑갑함에서 고
개를 돌림으로써, 겨우 숨을 뱉을 수 있었다.

서랍에 든 '것'을 통해 도달할 수 있는 순간은 다양하다.
돌아가신 할머니가 살아계셨던 순간, 지금은 어디에 사는지

도 모르는 어느 소꿉친구와 함께 다정히 모래를 가지고 노는 순간, 동생이 태어났을 때, 엄마의 노래를 처음 들었던 순간……. 그 순간을 매만지다 보면, 방금까지만 해도 울고 싶었던 이유를 곧잘 잊곤 했다.

가끔은 너무 많은 '것'이 들어차 서랍이 잘 닫히지 않는 것을 목격하기도 한다. 마음이 삐뚤어진 날에는, 서랍이 들쭉날쭉 멋대로 자리하고 있음을 보게 된다. 지난번에 열었을 때 제대로 닫지 않았기 때문인지, 너무 오랜 시간이 지나서 서랍의 이가 잘 맞지 않기 때문인지, 알 수 없다. 어떤 날은, 제대로 닫히지 않은 서랍이 바닥으로 곤두박질쳐 각각의 생각을 피어오르게 만들기도 했다. 그러면 나는, 방을 청소하려다 추억이 깃든 물건을 발견해 그곳에 자리 잡고 앉아 시간을 보내는 어린아이가 되어 종일 그것을 들여다보았다.

서랍에 든 '어떤 마음'을 오래 되짚으면서, 나는 이런 순간이 오늘 마주한 일을 잘 해내게 하고, 내일을 맞이하는 온전한 순환을 원활하게 이뤄줄 수 있다고 믿었다. 실제로도 그랬다. '어떤 순간'과 '어떤 마음'은 이미 내가 경험한 것이기도 하기에, 어렵게 느껴지지 않았다.

어렸을 때부터 항상 마음에는 어떤 방이, 어떤 서랍이, 어떤 공간이 존재한다고 생각했다. 정확히 위치를 따질 순 없지만, 때에 따라 마음이 묵직해지기도 하고 가벼워지기도 하는 걸 보면 꼭 그런 공간이 존재한다고 느꼈다. 울고 싶을 때, 걷다가 지쳐 주저앉고 싶을 때면 서랍에서 초콜릿 하나를 꺼내 먹듯 나에게 힘이 되어줄 수 있는 추억을 찾아 더듬거렸다. 어떤 추억은 내가 조금 더 걸어갈 수 있게 했다. 또 어떤 것은 나를 잠시 쉬어갈 수 있게 했다.

서랍에 존재하는 것이 모두 좋을 리는 없었다. 있는 줄도 몰랐던 것이 문득 손에 잡힐 때는 당황스러웠다. 내가 겪었지만, 처음 보는 것 같은 추억이 떠오를 때는 그것을 아주 오랫동안 들여다봤다. 그러는 동안에 나는 내가 울고 싶었고, 주저앉고 싶었던 이유를 자주 잊었다. 그러니 마음의 서랍을 잘 정리해 두는 것은 살아감에 있어 어느 방면으로든 도움이 되었다.

겪는 일이 많을수록 서랍의 개수는 차츰 늘었다. 그만큼 들어있는 것도 많아지는데, 가끔은 아래에 들어있던 무엇이 위쪽의 서랍을 여는 것을 방해하는 일도 잦다. 나는 어떠한 생각이 너무 한쪽으로 치우치지 않도록 여러 서랍에 생각과 마음을 나눠 담는 방식을 아주 조금씩 터득하는 중이다. 언제쯤 완벽한 정리를 이룰 수 있을지 모르겠지만, 아마 사는 동안에는 정답에 가까운 것을 찾을 수 있지 않을까?

넣어 둔 위로를 꺼내 보는 일

문장에 밑줄을
긋는다는 것

책을 아주 조심스럽게 읽는 편이다. 책갈피는 아주 얇은 종이로 된 것을 사용한다. 책에 자국이 남는 딱딱한 책갈피는 절대 사용하지 않는다. 책장을 접거나, 책등을 위로 가게 하여 엎어 놓는 일도 없다. 형광펜으로 마음에 드는 문장을 빛나게 한다든지, 연필로 밑줄을 과감하게 긋는 일도 없다. 그렇기에 나의 책들은 내 부주의함으로 인해 모퉁이가 찍히거나, 커피나 물에 종이가 젖는 불상사만 아니라면 대체로 깨끗한 편이다.

나는 이런 나의 행위가 엄마를 닮았을 거라고 지레짐작했다. 엄마의 책장에 있는 몇 권의 책은 나의 이런 가설에 힘을 실어 주기 충분했다. 엄마는 대학생 시절 어느 동네 책방에서 구매한 책을 아직도 가지고 있었다. 요즘은 찾아보기 힘든 서체와 노랑과 주황이 섞인 빛을 내는 오묘한 종이는 나의 호기심을 자극하기 충분했다. 그 어떤 사치스러움도 스며 있지 않은, 날것의 그 시절 문체를 좋아하던 나로서는 가히 행복한 일이 아닐 수 없었다. 엄마의 허락을 받고, 책장에서 몇 권의 책을 꺼내 읽기 시작했다. 그러다가 나는 놀라운 광경을 접했다.

나의 눈을 사로잡은 것은, 작가의 대단한 문체를 든든하게 받치고 있는 엄마의 밑줄이었다. 형광펜도, 어느 색을 가진 볼펜도 아닌, 그저 연필로 길게 그은 밑줄은 상당히 날렵하게 느껴졌다. 엄마가 구매한 책이었고, 누구를 빌려준 적도 없다고 했으니, 이 밑줄을 그은 이는 분명 엄마였다. 나는 적잖은 충격을 받았다. 대학생 때 샀던 책을 아직도 가지고 있는 엄마가 아니었는가? 깨끗하게 책을 관리했기 때문에 그게 가능하다고 생각했는데, 내 예상은 완전히 빗나가 버렸다.

밑줄을 발견한 다음부터 나의 독서 시간은 전혀 다른 의미로 재미있어지기 시작했다. 엄마가 읽었던 책을 뒤이어 읽는다는 것이 이렇게나 재미있고 설레는 일일 줄이야. 책을 펼친 그 순간만큼은, 절대 혼자일 수 없었다. 나는 대학생인 엄마와 함께 책을 읽는 것 같은 묘한 기분을 느꼈다. 엄마가 그은 밑줄을 따라 걸었다. 어디로 가야 할지 모르는 깜깜한 어둠의 숲에서 먼저 빛을 찾아간 어느 탐험가의 발자국을 찾은 것처럼 기분이 묘했다. 나는 그 발자국을 따라 더듬더듬 걸음을 옮기며, 밑줄 위에 자리한 문장을 읽고 또 읽었다.

책장 하나 넘기는 것에도 용을 쓰고, 행여나 먼지가 들어갈까 노심초사했던 나에게 아낌없이 책장을 접고, 좋아하는 문장에 쉬지 않고 밑줄을 긋는 엄마의 용감함은 신선하게 다가왔다. 한 번도 보지 못한 엄마의 이십 대가 궁금했다. 열정으로 가득했을, 꿈으로 가득했을 엄마. 엄마는 무슨 마음으로 그 문장에 밑줄을 그었을까? 문장의 어떤 면이 엄마를 사로잡았을까?

엄마의 선택을 받은 문장은 과감했다. 멈춤이 없었다. 직설적이었다. 빙 둘러 말하지 않고, 미사여구가 없어 깔끔했다. 충분히 앞으로 나아가고자 하는 절실함과 자신감이 느껴졌다. 자신을 되돌아보고, 자신을 알고, 끝없이 앞으로 나아가자는 확신에 찬 목소리가 문장 곳곳에서 들려오는 듯했다. 엄마는 바로 그런 문장에 무려 두 번에 걸친 밑줄을 그었다. 밑줄을 긋는 엄마의 모습이 떠올랐다. 뭉뚝한 연필을 쥔 엄마의 손, 책을 읽느라 잔뜩 집중한 눈과 손이 동시에 촉촉하게 젖었으리라. 얼마나 힘을 주었는지, 밑줄은 다음 장의 어떤 문장 밑에서도 불룩함을 유지했다. 나는 이러한 문장들이 왜 그토록 엄마를 설레게 했는지에 관련해 직접 물어보았다. 엄마는 말했다.

"나는 당시에 나태하기 싫었어. 육체적인 나태한 것은 물론이거니와, 정신적으로 나태한 것을 전혀 못 견뎠어. 항상 깨어있는 삶을 살고 싶었기에 그런 문장들이 내 마음에 꽉 들어찼지. 문장을 읽자마자 순간순간 최선을 다해 살고 싶단 생각이 들었어. 깨우친 거지. 그때부터 어떤 문장을 좌우명처럼 생각하며 살았어."

우리가 각자 가진 삶의 키워드는 그때의 환경, 그때 처한 상황, 그때의 생각, 그때 가장 나를 많이 지배하고 있는 무엇과 관련하여 정해진다. 어떤 문장이 마음을 비집고 빈틈 없이 들어차는 순간이 온전히 황홀하게 느껴지는 것은 바로 그 때문이 아닐까? 그 순간, 나의 삶이 가진 키워드에 적합한 문장을 만나게 되면 반가운 마음에 밑줄부터 긋게 되는 것일지도. 엄마는 분명 그것을 경험한 사람이었다. 그 문장을 지금까지도 아주 오랫동안 마음에 지니고 있었다.

엄마의 이십 대를 듣고 보니, 문득 나의 이십 대가 떠올랐다. 얼른 서른이 되고 싶었던 스물몇 살의 나는 자아와의 대화가 완전히 단절된 사람이었다. 누구보다 나 자신을 알고, 하고 싶은 대로 행동한다고 생각했지만, 전혀 그렇지 않았다. 통째로 들어서 던지고 싶은 이십 대를 떠나보낸 서른의 어느 날, 나는 비로소 자아와의 대화에 성공할 수 있게 되었다. 그것은 아주 시끄러운 공간에서 고독한 형태로 진행되었는데, 별다른 이야기를 나누지 않았음에도 나는 나와의 대화가 아주 성공적이었고, 대체로 매끄러웠다고 기억한다.

한 문장 덕분이었다. 사람들이 마구 떠들던 카페의 구석에 홀로 앉아 읽던 어느 책의 문장이 나에게 말을 걸어 왔을 때부터 나는 나와의 대화를 이어갈 수 있었다. 생각만 하고 있던, 그러나 구체적이지 못했던 어떤 생각이 완벽한 문장의 형태로 나에게 읽힘으로써, 나는 굳게 닫혀 있던 마음의 방문이 열림을 알아챈 것이다. 문장은 암호와 같았고, 나는 그 이후로도 나도 모르게 잠기는 마음의 문을 열기 위해 다양하게 읽고, 문장 찾기를 반복했다.

대화가 이루어지니 나를 사랑하는 것이 가능해졌다. 나를 살피는 것이 어렵지 않았다. 추한 것이나 악을 들여다보는 것에는 아직 몸을 사리고 있다. 하지만 언젠가는, 내가 나와의 대화에 갑자기 성공한 것처럼, 오래 읽다 보면, 지성의 눈동자도 찰나의 순간 끔뻑이게 되리라 믿어 의심치 않는다.

문장에 밑줄을 긋는다는 것

가끔 잘 지내고
자주 못 지내며

여름이면 해가 길어 그리 어둡지 않은 저녁을 걸을 수 있다. 운이 좋으면 산책을 하다가 정말 멋진 노을을 만날 수도 있게 된다. 마지막까지 최선을 다하여 하늘을 꾸며놓고 사라지는 노을을 바라보고 있자면, 별별 감정이 다 든다. 가끔은 울컥하며 오늘 하루도 잘 살았구나, 앞으로도 열심히 살아야지, 정도의 이야기를 나에게 건네곤 한다. 걷다 보면, 나와 비슷하게 사는 이들을 자주 볼 수 있다. 혼자 걷는 이들은 거의 땅을 보고 걷는다. 나는 그러다가 다양한 쓰레기를 발견했고, 하나하나에 이야기를 담으며 요즘도 정신 분리수거를 이어가는 중이다.

걷고, 쓰레기를 줍고, 어떤 순간을 떠올리고, 그 순간을 쓰레기통에 버리는 행위를 반복하며 나는 가끔 나의 안부가 궁금했다. 이런 행위를 이어가며 마음이 더 편해졌냐 하면, 완벽히 그렇진 않았다. 나는 여전히 가끔 잘 지내고, 자주 못 지내는 중이었다. 특히 해가 넘어가는 이 시간이면, 온갖 것이 나를 슬프게 했다. 종류는 다양했다.

오늘 하루 일을 마치고 곧장 집으로 들어가기 헛헛해 포장마차에 앉아 사장에게 겨우 자신의 마음을 털어놓는 사람의 표정과 말투, 혼자 대낮부터 술상 앞에 앉은 이의 시간, 천천히 걷는 아주 느린 노인을 앞질러야 하는 순간, 아무도 일으켜 주지 않는 넘어진 자전거, 도로 위에 고요히 누운 동물의 뒷모습, 연고 없는 무덤과 같은 것이 나를 서글프게 한단 걸 아주 잘 알고 있었다. 앞으로 얼마나 더 울며 살아가야 할까? 나는 슬픔에 자주 몸서리치며 삶을 막막하다고 느끼곤 했다.

문득, 추운 겨울에 누군가와 전화를 하며 길거리에서 슬픔을 뱉었던 날이 선명했다. 누구와 통화를 했는지는 정확히 기억나지 않고, 오직 엉엉 울던 나의 얼굴과 그 슬픔을 잠시 바라봤다가 고개를 돌리는 낯선 이들의 눈빛만이 또렷했다. 겨울, 사람이 북적이던 거리, 작게 들리던 캐럴, 말이 없던 수화기 너머의 상대, 같은 말만 되풀이하던 나.

그러면서도 내 발은 쉬지 않고 움직였다. 가야 할 곳을 마땅히 알고 움직이는 걸음이 아니라, 목적 없이 디딘 걸음이다. 그렇게 걷다 보니, 어딘가에 도달하긴 했다. 덩달아 울음이 멈추기도 했다. 길을 다시 돌아가야 하는 수고스러움을 겪는 동안에는 내가 운 이유에 관해 다시 짚어 보는 여유로움도 있었더랬다. 운 이유가 거창한 적은 한 번도 없었다. 갑작스럽게 흐르는 눈물을 막을 도리는 없다. 예전에는 조금이라도 눈물이 흐르려 하면, 고개를 번쩍 들고 눈을 깜빡이며 눈물이 원래 있었던 자리를 다시 찾아갈 수 있게 했다. 이제는 그렇지 않다. 미간이 잔뜩 찌푸려지고, 숨이 거칠어지고, 입술에 힘이 들어가고, 시야가 흐려지는 순간을 나는 피하지 않는다.

그런 행위를 반복하면서 나는, 가끔 잘 지내고 자주 못 지내는 형태를 조금이나마 벗어나려 했다. 자주 잘 지내고 가끔 못 지내는 삶의 형태를 만들고 싶었기 때문이다. 마음에 고인 물이 범람하지 않게 수시로 흘려보내는 행위는 나를 그 삶에 조금이나마 더 가까울 수 있게 해 준다. 아주 게으른 나는 삶을 대하는 태도를 조금씩 수정해 가며 사는 중이다.

우리 끝까지
살아남자

"다 말라비틀어진 나무가 된 것 같아."

오랜만에 안부를 물어온 친구가 별안간 자신의 상태를 고백했을 때, 나는 아무런 말도 꺼내지 못했다. 비슷한 생각을 하고 있어서일까? 아니면 위로에 소질이 없어서 어떤 말을 떠올릴 수 없어서였을까? 한동안 침묵을 지켰다. 친구는 다시 말했다.

"집에 온기가 너무 없다고, 엄마가 화분을 하나 들여놨거든. 눈에 잘 보이는 자리에 둬서, 시간 맞춰서 물도 주고, 햇빛이 잘 들어오는 자리에 두기도 하고, 아무튼 신경을 많이 썼어. 그런데 어느 순간, 그게 점점 죽어가는 게 눈에 보이더라고. 어떻게 할 수가 없었어."

"왜?"

"그건 이미 죽은 것 같았거든. 잎이 갈색으로 변하고 있었어. 나는 왜 그걸 몰랐던 걸까? 손을 대면, 살리는 것이 아니라 더 빨리 죽일 것만 같아서 가만히 두고 있었어."

친구는 말라비틀어진 작은 나무가 심긴 화분을 아직 버리지 못했다고 했다. 여전히 친구의 방 어딘가를 차지하고 있을 화분을 상상해 봤다. 아무래도 친구가 겪는 감정 상태에 그리 좋지 않을 것 같아 정리하는 것이 좋겠다고 말했다. 친구는 대답 대신 다른 말을 했다. 친구는 자신이 여태 쓴 글이 생명력을 잃은 것 같다고 말했다. 너무 몰두하는 바람에 어떤 작은 생명이 자기 옆에서 죽어가는 것도 모르고 썼으니, 자신의 글에 어느 '죽음'이 묻은 건 당연하다고 덧붙였다.

"네 탓이 아니야."

"정말 그럴까?"

"우선, 화분부터 정리하는 게 좋겠다. 계속 둬 봤자 좋을 게 없을 듯해."

친구는 한참을 생각한 뒤, 그러겠다고 말했다. 그리곤, 다시 소소한 이야기가 오갔다. 여전히 무언가를 쓰고 있냐고 묻는 친구의 물음에 나는 간단한 문장을 쓰면서 쓰는 것을 놓지 않으려 무던히 노력하고 있다고 답했다.

"너랑 이야기하니까 좀 낫다. 전화를 끊자마자 화분을 정리해야겠어. 우리 오늘도 쓰자."

"그러자."

"말라비틀어지지 말자. 끝까지 살아남자."

친구는 나의 대답을 듣지 않고 전화를 끊었다. 달리, 대답할 말이 떠오르지 않았기 때문에 아쉽지 않았다. 나는 전화를 하기 전부터 천천히 쓰고 있던 글을 마무리하려 자세를 잡았다.

나는 언제부터 쓰는 것을 좋아했을까? 글을 익혀 가, 나, 다, 라를 적는 것 말고 언제부터 흰 종이를 믿고 마음을 풀어놓기 시작했을까? 정확한 날짜는 기억나지 않지만, 어렴풋이 어느 장면이 머릿속에 재생되었다. 서울의 밤, 일 때문에 지치고 사람 때문에 지쳤던 여느 때와 똑같은 어느 날에 나는 공책 한 권을 들고 방으로 들어섰다. 그리고 공책을 펴자마자 아무도 알아볼 수 없는 글씨로 무언가를 휘갈기기 시작했다. 종이가 찢어질 정도로 힘을 주었기 때문에, 휘갈겼다는 표현이 정확하겠다.

그때 나는 무엇을 그리 바삐 써 내려갔을까? 지금은 생각나지 않는 문장들이다. 하지만, 그때 나의 감정 상태는 오롯이 기억한다. 그것으로 미루어 봤을 때, 문장은 분명 나를 수치스럽게 만든 누군가에게 꼭 복수하리란 내용, 오늘 하루도 정말 잘 버텼다, 장하다는 내용, 아니면 상처 입은 것에 관한 장황한 설명글이 될 수도 있었다. 좁은 방 안에서 열심히 써 내려갔던 그 감정은 어디로 갔을까? 공책의 한 페이지에 고여 있을까? 아니면 아직 나의 마음에 고여 있을까?

쓰는 행위. 나는 이것으로 말미암아 살아남는다. 사람들은 각기 다른 방식으로 살아남곤 한다. 나에게 쓴다는 것은 어느 정도 '배출'의 형태를 가지고 있다. '배출'은 살아감에 있어 누구에게나 중요한 것이다. 먹은 것은 물론, 쌓였던 말과 감정까지 제대로 '배출'할 수 있어야 한다. 사실, 요즘에는 마음에 갖가지 말이 쌓인다. 거기에는 내가 좋아하는 것에 대한 말도, 싫어하는 것에 관한 말도 있다. 요즘 나는 내가 무엇을 좋아한다고, 혹은 싫어한다고 이야기하기가 참으로 힘들고 어렵다. 말을 뱉음으로써, 남에게 무엇을 강요하게 되는 것은 아닌지, 내가 생각하고 있던 것이 그저 편견은 아닌지, 여러 생각이 들기 때문이다.

이처럼 다양한 생각이 쏟아질 때, 나는 나만이 알아볼 수 있는 글씨로 조그맣게 문장을 만든다. 오래 남았으면 좋겠다는 생각에 글을 쓰면서, 한편으로는 빨리 잊히길 바란다. 그러면서도, 조금 더 반듯한 문장과 잘 정돈된 어투로 이야기를 만들고 싶다고 생각한다. 누군가 그렇게 탄생한 나의 문장을 읽음으로써, 조금 더 자신의 세계를 다른 방면으로 넓혀갈 수 있다면. 나는 기어이 메마르지 않고, 끊임없이 살아남을 수 있지 않을까.

언젠가 좋아하는 것과 싫어하는 것을 조금 더 큰소리로 외치고 싶다.

사람은 언제든 쓰레기가
될 수 있음을 알 것

요즘 무엇을 하고 지내냐는 A의 말에 쓰레기를 줍고 있다고 답했더니 조금 더 자세히 말해 달란 답이 돌아왔다. 무언가를 떠올리게 한 쓰레기를 줍고 거기다 떠오른 감정을 꾹꾹 눌러 담아서 쓰레기장에 버리고 버려지지 못한 마음은 다시 안고 돌아오는 일을 반복하고 있다고 다시 말했더니 A는 입을 쩍 벌린 이모티콘을 보냈다. 같이 걷자는 답장이 돌아온 건 몇 분 뒤였다.

A와 나는 바닥만 보고 걷고 있었지만, 신경은 서로를 향해 있었다. A가 갑자기 라디오 이야기를 꺼내서 나는 숙이고 있던 고개를 들어 A를 바라봤다.

"라디오 들으면서 일해?"

"응, 반복 작업인데 그거라도 없으면 너무 팍팍하잖아. 작업에 방해되지 않는 한 들을 수 있어. 어쨌든. 라디오에서 그런 말이 나오더라고. '모든 일이 다 예측 가능하다면 우리 인생이 너무 재미없을 것 같지 않나요?' 진행자가 너무 자신만만한 목소리로 무조건 재미없을 거라고 이야기하길래 좀 놀랐어. 나는 그 반대로 생각했거든. 너무 재미있을 것 같았어. 그렇지 않냐? 모든 일이 예측 가능하다면 말이야. 사랑하는 사람이 있다 쳐, 그러면 걔가 나에게 이러이러한 말을 하겠지, 내가 앞으로 쟤를 더 좋아하게 되겠지, 사랑하게 되겠지, 우리의 끝은 어떻게 되겠지, 쟤는 바람을 피우겠지, 뭐 이런 게 다 예측이 가능하단 소리잖아. 너무 좋을 것 같은데."

A의 입에서 바람 빠지는 소리가 났다. 나는 A에게 무슨 일이 생겼단 것을 알았다.

"애인이 바람피웠어?"

A는 대답 대신 손등으로 코를 문질렀다. 한동안 말이 없던 A는 맥주를 마시러 가자며 나를 이끌었고, 그곳에서 들은 이야기는 나로 하여금 끊임없이 술잔을 들게 만들었다.

A와 B는 8개월이란 시간을 짧고 굵게 연애한 사이였다. A는 B가 없는 자리에서 줄곧 B에 관해 말했다. 너무 좋다고. 오

랫동안 그와 만나며 갖가지의 사랑을 해 보고 싶다고. 나는 그때 A에게 당부했다. 갖가지의 사랑을 하는 건 너의 자유니 별말은 안 하겠다만, 제발 너 자신도 잘 챙기라고. 사실, 사랑에 관련해서라면 온갖 상처를 다 받아 왔던 내가 이런 말을 할 자격은 없었다. 그렇지만, 나는 더욱 목소리를 높였다. 사랑에 있어서 상처받는 사람이 더는 나타나지 않았으면 하는 마음에서 우러나오는 소리였다.

그렇게 이야기를 나누고 얼마 후, A는 B와 헤어졌다. A는 일방적으로 밀려났다. 바람을 피우고 헤어질 빌미를 만든 건 B였다. 잘못은 B가 했는데 상처는 A가 다 받았다. A만 힘들었다. A만 숨었다. 사람들은 자신들의 궁금함을 A가 풀어 주길 원했다. A는 더 깊은 곳으로 숨었다. 나는 그런 A를 보며 속상해했다. 사랑과 사람에 관련된 것은 늘 피해자와 가해자가 이상하게 나뉘곤 했다.

A는 자신과 B가 '이별 같지도 않은 이별'을 겪었다고 했다. B의 연락이 뜸해지기 시작한 순간부터 A는 어느 정도 불안감을 느끼고 있었다고 했다. A는 B의 연락을 종일 기다렸다. A는 B가 자신의 연락을 보고도 답을 하지 않는 것이 확실해질 무렵부터 지치기 시작했다. A는 이런 기분을 또다시 느끼는 것에 환멸이 났다고 했다. A는 매번 사랑 때문에

마음을 쉽게 다치곤 했다. A는 B에게 만나서 이야기를 하자고 했다. '이야기'에는 많은 것이 포함되어 있을 것이었다. 이별을 고하는 이야기, 혹은 다시 잘해 보자는 이야기, 대체 왜 그러냐는 이야기, 그간 쌓인 오해를 풀 수 있을 만한 이야기……. A가 말했다.

"공원에서 만나자고 했는데, 얘가 안 나온 거야. 그때, 내가 무슨 생각을 한 줄 알아? 얘가 안 왔다는 생각을 한 게 아니라 우리 둘이 엇갈렸다고 생각했어. 웃기지? 그냥 나는 자꾸 희망을 걸었던 거야. 희망 고문을 셀프로 했던 거지."

A는 B를 장장 8시간 동안 기다렸다고 했다. 너무 추워서 근처 자판기의 율무차와 코코아를 번갈아 마시면서 배를 채웠댔다. A가 다시 말했다.

"그러다가 문득 그런 생각이 들었어. 지금 이 모습을 훗날의 내가 보게 된다면 얼마나 속상할까?"

A는 마음을 고쳐먹었다. A는 문득, 이 모든 상황을 최대한 사실적으로 옮겨야 한다고 생각했고, 스마트폰 메모장을 꺼내 현재 느끼고 있는 감정이나 상황을 남김없이 적나라하게 썼다. 똑같은 실수를 반복하지 않기 위해 그랬다고 했다.

"숨이 턱턱 막히더라고. 그냥 있는 사실을 그대로 적는데도 그랬어. 그 밑에는 내가 잊지 말아야 할 것도 썼어. 다시 사랑에 빠지려고 하면 이걸 꺼내서 읽으려고."

온몸이 쇠로 만들어진 구슬로 변해 와르르 쏟아지는 것 같은 느낌이 반복되었다고 했다. 몸이 차가워지면서 저절로 떠오른 상상이랬다. A는 밑바닥에 잠식되어 있던 외로움과 불안감이 수면 위로 얼굴을 내민 채 몇 번이고 자신을 물끄러미 바라봄을 느꼈다. 그때 B에게서 전화가 왔는데 그는 기다리는 A에게 사과 한마디 없이 자신의 상황에 관한 핑계만 잔뜩 늘어놨다고 했다.

"자정이 다 될 때까지 하는 돌잔치가 어디 있니, 거기에 있었다고 하더라. 그럼 집으로 가서 기다리겠다고 하니 펄쩍 뛰더라고. 내가 그 집에서 거의 반년을 살았는데 못 갈 이유가 뭐 있냐고 했더니 데리러 오겠대. 그제야 데리러 오겠다더라고. 집에 나 말고 다른 누가 있냐 물었더니, 엄청 화를 내. 아니, 그러면 못 갈 이유가 뭐 있냐고. 거기 내 빤스도 있고 우리 엄마가 준 살림살이가 다 있는데. 그래도 안 된대, 못 간대. 그러더니 최후의 수단을 쓰더라, 알지. 그런 족속들이 하는 거. 제 발 저려서 화내는 거. 나보고 뭐라는 줄 알아? 미쳤대. 부담스럽대. 선 넘지 말래. 아무리 그래도 그때는 아직 헤어지지도 않았을 땐데, 사귀는 사람한테 너무한 거 아니냐? 아무튼, 그 족속들이 그래. 딴짓하다가 걸린 놈들의 특징. 잘못은 자기가 해놓고 상대를 탓한다."

A는 B가 바람을 피우고 있는 줄 진즉에 알았다고 했다. 알고도 그게 사실일까 봐 물어보지 못했다고. 지금은 그때 따지지 못한 것이 되레 너무 화가 나고 분하다고 했다. 의도치 않게 그날이 문득문득 떠오르곤 하지만, 다시 되새겨 봤자 좋을 것 하나 없으니 자책하고 힘들어하는 건 오늘부로 그만하겠다고 말했다. A가 당시 적은 메모를 보여 주었다.

<여기 적은 거 똑똑히 기억해라>
내가 또다시 사랑에 빠진다면 알아 두어야 할 것
1. 나의 촉을 무시하지 말 것
2. 솔직하게 나의 감정을 이야기할 것
3. 이 사람도 쓰레기일 수 있음을 알 것

<이별을 겪는다면 알아 두어야 할 것>
1. 나는 마음이 약한 사람이라 상처를 잘 받지만, 회복도 빠르다. 곧 괜찮아진다는 거 잊지 말기
2. 주변에 나를 소중히 여기는 사람이 많다는 것 잊지 말기
3. 잊고 싶은 순간을 곱씹으며 사랑이 끝난 것이 내 탓이라 옥죄지 말기

잔뜩 굳은 손으로 마음을 꾹꾹 눌러 적었을 A의 모습을 생각하니 속이 끓는 듯했다. 나 역시 바람을 피우는 족속을 많이 만났다. 언젠가는, 누군가와 사랑이란 것을 시작하기 전, 상대에게 이런 걸 물어보고 싶다는 충동을 느낀 적도 있었다.

　'혹시 저랑 연애하면서 바람피우실 예정인가요? 아니면, 그랬던 전적이 있으신지요?' 나는 이 질문을 '지나간' 이들에게 던져 보는 상상을 해 본다. 상상 속에서 올바르게 대답한 이는 단 한 명도 없다. 모두 한때 내가 가장 좋아했던 미소(이젠 교활해 보이는)를 지으며 나를 바라볼 뿐이다. 그러한 표정에는 이런 대사를 붙일 수 있겠다. '대체 무슨 말을 하는 거야, 나는 너밖에 없어.' 혹은 '내가 바람을 피운다면 전적으로 네게 문제가 있다는 걸 명심해.'라는 정도. A가 한 말이 정답이다. 그러한 사람들은 자신의 상황을 대변하는 것에 타고났다.

　마음이 시끄러운 와중에 길을 걷다 누군가가 벗어던진, 혹은 흘리고 간 양말을 보았다. 양말을 보고 있으려니 떠오르는 사람이 있었지만, 그와 눈이 마주치기 전에 시선을 돌려 버렸다. 별로 떠올리고 싶지 않은 일이 머릿속을 비집고 흐르면 나는 더욱 차분히 걸으려 노력한다. 터벅터벅 걷다가 비틀비

틀 걸게 돼도 걷는 행위를 멈추지 않고 이어간다. 그러다가도 결국, '지나간' 무엇에 기어이 발목을 잡힌 적이 많았다.

종일 그와 함께하여 그의 체취가 잔뜩 묻은 양말은 늘 몸을 동그랗게 말고 현관에 나동그라져 있었다. 그는 양말을 올바르게 벗은 적이 한 번도 없었다. 양말은 늘 뒤집혀 있거나 짝이 맞지 않기도 했다. 빨래 건조대에 짝을 맞춰 걸어 놓으려 해도 하나씩 사라지기 일쑤였다. 답답함은 온전히 나의 몫이었다. 정작 양말의 주인은 태연했다. 양말을 뒤집어 세탁기에 넣어도 세탁기는 멈추지 않고 잘만 돌아가며, 짝을 잃어버린 양말은 어차피 집 안에서 짝을 잃었으니 우리가 곧 찾으면 되는 것 아니냐는 말을 했다. 나는 그와 나의 물건을 한 공간에 놓기 싫어졌다. 나의 양말도 곧 사라질 것 같단 생각이 들었기 때문이었다.

지나간 시간, 혹은 지나간 사람, 지나간 순간, 지나간 물건. 지나간 것들은 대부분 잊고 싶은 것에 속한다. 이러한 것들은 잘 잊히지 않는다는 점에서 또 하나의 공통점을 가진다. 의식하거나 애써 모른 척할수록 더 짙어진다. 이러다가 아주 희미하게 옅어지는 어느 순간이 오겠지. 나는 시간이 무언가를 옅어지게 만든다는 것을 신뢰하는 사람이라 이번에도 모든 걸 시간에 맡기고 손을 털어 버렸다.

'지나간' 것이 떠오를 때는 별다른 저항을 하지 않고 그 생각에 박자를 맞춰 주는 게 좋다. 괜히 생각하지 않으려 발버둥 치다가 더 아래로 가라앉을 수도 있기 때문이다. 나는 주로 '지나간 사람'들이 나에게 했던 '지나간' 언행들과 행동에 대해 생각한다. 대체 나한테 왜 그랬을까? 아무리 생각해도 나는 그가 아니기에 이해할 수가 없다. 이해할 수 없는 것은 시간이 아무리 지나도 이해할 수 없는 것으로 남는다. 나는 시간을 신뢰하지만, 시간이 뭐든 다 해결해 줄 수 있는 것은 아니라는 것도 잘 알고 있다. 되도록 많은 것을 이해하며 살고 싶었다. 최대한 열심히. 이해가 안 될 때는 이해하려는 노력을 억지로라도 하면서 살고 싶었다.

  그런데, 그게 참 어렵다. 세상에는 이해가 가지 않는 부분들이 너무나 많다. 자꾸 그런 부분에 푹푹 빠진다. 나는 왜 자꾸 이런 구덩이만 골라서 푹푹 발을 빠뜨릴까? 왜 보고도 피하지 못하는지, 왜 알면서 넘어지는지는 아무리 시간이 지나도 이해하기가 어렵다. 살아가면서 이해하지 못하는 것보다 이해할 수 있는 것들이 더 많아질 거라고 생각했는데, 영 아니다. 그 반대다. 오늘도 이해할 수 없는 것이 몇 가지 더 늘었다.

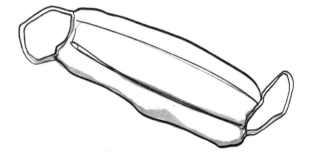

세상이 빠르게
변할지라도

상대의 눈을 이토록 빤히 바라본 적이 있었나. 감춰진 미지의 세계에 자리한 국경처럼 눈 아래에 자리한 마스크의 선은 엄청나게 반듯하고 단호했다. 마스크를 쓰면서부터 우리는 참 많은 것을 생경하게 받아들여야 했다. 서로 거리를 두는 것은 기본이고, 얼굴을 보거나 손을 잡는 행위, 반갑다며 쓰다듬거나 안는 모든 행위가 금지되어야 했다. 전에는 몰랐다, 그게 그렇게 자연스러운 일인 줄. 하지 말라는 말을 듣고서야, 그게 지침이 되고, 몸에 닿고서야 우리는 깨달았다. 서로를 위해 뿔뿔이 흩어질 수밖에 없다는 것을.

격리 기간을 거치는 동안, 방에서 나오지 않고 종일 편지를 쓴 적이 있었다. 각기 다른 곳에서 격리하고 있을 친구들을 떠올리며 적었던 것이 일이 약간 커진 모양새를 갖추긴 했지만, 괜찮았다. 오히려 시간을 더 잘 가게 해 주어 좋았다.

한때는, 생일 선물로 무조건 '손 편지'만 받던 때가 있었다. 손 편지를 가장 좋아하는 것은 지금도 변하지 않았다. 그것을 쓴 사람의 시간, 생각, 손날의 지문, 애용하는 볼펜 혹은 연필심 등 모든 것이 잔뜩 묻은 편지는 종이 한 장이 원래 가진 무게보다 더 묵직하게 느껴졌다. 손 편지는 마구 몰아치는 생각을 다독이며 차분함을 유지할 수 있는 사람만이 쓸 수 있다. 사실, 나는 손 편지를 잘 쓰지 못한다. 어떨 때는 상대의 이름만 적고도 몇 시간을 망설인 적이 있었다.

요즘은 메시지를 읽었는지 안 읽었는지 알 수 있고, 보낸 메시지도 마음에 들지 않으면 일정 시간 안에 상대와 내가 모두 읽지 못하게 삭제할 수 있다. 그가 나의 메시지를 읽었는지, 아직 읽지 못했는지 궁금해서 잠을 설치는 일은 없다. 우체통 앞을 서성였던 순간이 점점 흩어진다. 대신, 메시지를 보내고 '1'이 사라지는지 사라지지 않는지 수시로 확인하느라 하루를 망친다. 세상이 빠르게 변할 때 나는 자꾸만 뒤로 몸을 빼고 싶다. 숨을 곳이 점점 사라지는 느낌이다.

'사랑'이 품은 다양한 것이 갈수록 간결하게 변하는 것 같다. 그럴 때마다, 나는 아주 오래전부터 간직해 왔던 상자의 뚜껑을 열어젖힌다. 그곳에는 수많은 글씨가 있다. 나의 생일을 축하하는 아이들의 글씨, 사랑을 고백하는 글씨, 학교 끝나자마자 떡볶이를 먹으러 가자는 글씨, 나의 안부를 묻는 글씨. 내가 나에게 보낸 글씨도 있다. 휘청거리지만 단호한 글씨로 쓰인 '사랑해'란 말은 뜬금없지만, 그 순간만큼은 나를 세상에서 제일 행복한 누군가로 만들어 주었다.

'사랑'을 어렵다고만 생각했던 적이 있었다. 나는 못 하고 남들은 다 잘하는 것이 '사랑'이라 생각했다. 실제로 '사랑'이라는 이름을 붙인 기간을 상대와 단둘이 보내면서도 나는 '사랑'을 잘 안다고 할 수 없었다. 상처받고, 아프고, 쓰라리고, 힘들고, 울게 되고, 답답하고, 막막한 것은 사랑이 될 수 없다고 생각했다. 그 모든 것을 통틀어 '사랑'이라 부를 수 있다는 걸, 이제는 어렴풋이 안다. 반복되는 지겨움과 고통, 권태는 분명 사랑하는 과정에 자연스럽게 포함된 것들이었다.

편지를 주고받는 것이 당연했던 때가 떠오른다. 서로의 글씨를 마구 펼쳐 보였던 때. 세상이 빠르게 변할지라도 새로 산 베개의 솜, 바삭한 이불, 옛 추억을 떠오르게 하는 아이들의 웃음, 힘을 잔뜩 준 글씨, 꼬깃꼬깃 접힌 종이, 진심이 담긴 몇 년 전의 편지만이 나를 위로할 수 있다.

열등감을
나의 동력으로 삼아

바닥에 아무렇게나 놓인 열쇠를 보면서 사실 그 열쇠는 굳게 잠긴 내 마음 어디를 여는 용도가 아닐까? 진지하게 고민한 적이 있다. 나도 모르게 안에서부터 잠기는 마음의 문이 점점 많아지고 있었다. 열등감으로 인해 잠겼던 문은, 내가 온전한 자존감을 챙긴 후에야 슬며시 열리곤 했다.

나는 감히 이렇게 말해 본다. 열등감은 나와 떼려야 뗄 수 없는 사이다. 나는 하루에도 몇 번씩 열등감에 울고, 무너지고, 주저앉아 한동안 일어나지 못했다. 성과를 이룬 사람을 보면 마음에 불덩이가 얹어진 것처럼 조급함이 따라왔다. 어색한 웃음으로 열등감을 숨기기 바빴다. 나는 이러한 내 모습에서 알 수 없는 짜증을 느꼈다. 왜 마음껏 축하해 주지 못하는 걸까? 왜 그 사람과 나를 끊임없이 비교하며 점점 나를 작아지게 짓누르는 걸까? 다른 누구도 아닌 내가 왜 나에게 그러한 행위를 이어가는 걸까?

열등감이라는 마음의 열을 조금이라도 더 식히기 위하여 나는 다양한 방법을 택했다. 집 근처에 있는 연못을 한 시간 정도 걷는다든지, 책을 한 장 더 읽는다든지 하는 식이었다. 그러면 조금 열이 식는 것 같기도 했다. 하지만, 새벽이 오면 또 달랐다. 새벽은 마음의 열을 다시 한 번 지피기에 충분하다. 나는 또 한 번 그 일을 상기하고, 비교하고, 그 사람의 대단함을 부러워하고, 나와 비교하고, 내가 잘되지 못함에, 나는 그렇지 못함에, 나는 늦었음에, 나의 좁은 마음에 한탄하며 잠을 설쳤다.

이러한 열등감은 사람을 대하는 것에서도 문제가 되었다. 이미 한번 부러움을 느낀 사람 앞에서 나는 모든 것이 작아짐을 느꼈다. 목소리도, 행동도, 심지어는 생각도 작아져서 다시는 클 수 없는 저주에 걸린 사람처럼 행동하게 되었다. 그러한 만남이 끝나고 혼자 남게 되면, 공허했다. 아주 공허했다. 마음의 열이 모두 식어 몸이 으슬으슬 떨릴 정도로.

마음은 어떻게 할 수 있는 것이 아님을 살아가며 깨닫는 동안, 나는 열등감이 나의 일부라는 것을 인정해야 했다. 열등감과 같이 살아가기 위해서, 내가 다치지 않을 만큼만 열등감을 수용할 수 있어야 했다. 열등감이 내게 줄 수 있는 좋은 점이 과연 무엇일까, 매번 고민했다.

열등감은 '동기 부여'가 될 수 있다. 잘되는 사람이 내 주변에 있구나, 꾸준히 노력하면 나도 빛을 발할 수 있구나 하고 한 번 더 생각하게 된다. 턱을 괴고 생각에 빠지는 대신, 책을 한 장 더 읽거나 쓴다. 한 장을 읽기 시작하면 두 장이 되고, 세 장이 된다. 그런 식으로 나는 나를 갉아먹는 열등감을 조금이나마 영악하게 사용하는 중이다.

사람들은 모두 각각의 캡슐에 둘러싸여 살고 있다. 자기만의 세계, 자기만의 세상에서. 그러니 나는, 우리는, 어느 정도의 열등감을 다른 무언가로 승화시킬 수 있는 마음의 필터를 잘 갈고 닦는 것이 중요함을 알아야 한다. 나의 세계를 더 견고하게 만드는 것은 오직 나만이 할 수 있는 일이므로.

Part 4

○

비움
그리고
채움

나도 내가 지금쯤이면
뭐라도 되어 있을 줄 알았지

나는 '조용하다 싶으면 꼭 사고를 치는 아이'였다. 하도 조용해서 대체 뭘 하나 싶어 슬쩍 들여다보면, 양반다리를 한 채 머리에 빨래통을 뒤집어쓰고 자기만의 세계를 구축(좋게 말해 자기만의 세계지, 대체 뭘 하는지 봐도 모르겠는 행동)하고 있거나, 신발장에 있던 엄마 구두를 모조리 꺼내 눈에 보이지 않는 가상의 인물과 시장 놀이를 하고 있더랬다. 걷지 못하고 기어 다녔을 때는, 잠시 열어 놓은 문 사이로 빠져나가 복도를 전속력으로 기어가고 있는 걸 겨우 잡은 적도 있단다.

이게 끝이 아니다. 학습지 숙제를 단 한 번도 미룬 적이 없어 기특하게 여겼는데 알고 보니 매일 선생님이 오시기 하루 전날 책상 밑에 쪼그리고 들어가 학습지 제일 뒷장에 붙은 답지를 요리조리 보며 맹렬히 답만 베끼고 있다가 걸린 적이 있댔다. 아직 갓난아기인 동생을 들쳐 안고 세상 구경을 시켜 주겠다며 아파트 꼭대기 층에 올라가 마치 <라이언 킹>의 한 장면처럼 동생을 들어 올려 모두를 놀라게 한 적도 있고, 낮잠을 자고 일어나더니 아직 해가 지지 않은 창밖을 보며 아침인데 왜 깨우지 않았느냐며 당장 학교에 가야 한다면서 책가방을 들고 뛰쳐나가다가 붙잡힌 적도 있다고 했다. 그리고 엄마를 잃어버린 아이를 도와주다가 반대로 내가 엄마를 잃어버린 적도 있었다.

　도대체 이해할 수 없는 사건이 반복되니, 어른들은 나에게 '커서 대체 뭐가 되려고.'라는 말을 자주 했다고 한다. 엄마도 나에게 가끔 그런 이야기를 했다. 하지만, 엄마는 사람들과 조금 다르게 말했다. 정확히는 조롱이 없었다. 엄마는 정직한 어투로 말했다. 커서 뭐가 될지 정말 궁금하다고. 뭐가 됐든 넌 잘하고 있을 거라고. 아직도 선연히 생각난다. 엄마의 말투, 표정, 그리고 때마침 풍겨오던 시원한 바람 냄새도.

　나는 내가 특별하다고 느꼈다. 나는 특별해. 이 한마디면 나는 별다른 이유 없이도 특별한 사람이 되었다. 요즘은 이 주문이 잘 먹히지 않아 애를 먹고 있다. 나이가 어릴수록 효력을 발휘하는 주문임이 분명하다. 어쨌든, 나는 나를 특별하게 생각했고 한동안 그렇다고 믿었다. 연극영화과를 다녔을 때는 그 착각이 한층 더 심해졌다. 나는 무조건 내가 깜짝 놀랄 무언가가 될 것이라 믿었다. 그 무언가가 명확하지 않았지만, 시시한 것은 아니었다.

졸업하고, 직장을 다니면서도 나는 갑자기 어느 날 스타가 되어 있는 나를 상상했다. 연말을 쓸쓸하게 보내면서도 이십 대 후반의 연말에는 어느 시상식이든 자리를 차지하고 앉아 내 이름을 떨칠 것이라 믿어 의심치 않았다. 정말이지, 아무것도 하지 않으면서 말이다.

따지고 보면, 아무것도 하지 않은 것은 아니었다. 꿈을 이루기 위한 노력 말이다. 노력은 했다. 했다고 말할 수 있다. 타지에서 고생했고, 먹을 것을 아껴가며 돈을 벌었고, 하루에도 서너 개의 일을 했다. 모든 것을 꿈을 이루기 위한 발판으로 삼으려 노력했다. 그런데 잘 안 되었다. 세상에는 꿈을 향한 절실한 마음을 가지고 사는 이들만큼, 그러한 절실한 마음을 가지고 장난치는 이들이 참으로 많다. 셀 수 없이 많다. 꼭 그런 사람들 때문에 내가 특별한 사람이 되지 못한 건 아니겠지만, 온전히 나의 탓만은 하고 싶지 않아서 슬쩍 그쪽의 탓을 해 본다.

해마다 나는 내가 무언가를 하고 있을 것이라 기대했다. 그런데, 아무것도 없었다. 무언가를 하고 있기는 했는데 뭘 하는지 몰랐다. 쉬거나 놀지는 않았는데, 계속 무언가를 했는데, 결과가 없었다. 그래서 나는 너무나 쉽게 아무것도 안 한 사람이 되었다.

나는 자꾸 넘어졌다. 방해하는 사람들이 없어도 그랬고, 절실한 마음을 가지고 장난치는 사람이 없는데도 그랬다. 나는 내 발에 걸려 넘어지고 있었다. 비유가 아니라 실제로 말이다. 걷는 행위는 그리 복잡하지 않다. 왼발 다음에 오른발, 오른발 다음에는 다시 왼발을 내밀며 한 걸음씩 앞으로 나아가면 그만이다. 왼발 다음에 왼발을 놓아도, 오른발 다음에 오른발을 놓아도 약간 엉성할지언정 앞으로 나아갈 순 있다. 이런 단순한 공식이 한순간 어렵게 느껴진 걸까?

사실 발이 아니라 발을 무겁게 만든 '무엇'에 의하여 나는 곧잘 넘어졌다. '무엇'에는 수많은 다양한 것을 집어넣을 수 있다. 미래에 관한 막연한 걱정, 가족에 관한 걱정, 인간관계에 관한 걱정, 나에 대한 걱정, 나로 인한 걱정, 걱정하지 않아도 될 것을 걱정하는 걱정…….

걱정은 걱정을 낳는다. 걱정은 서로 엉켜 그 크기를 키우는 습성이 있다. 그것은 매우 어둡고 무겁다. 그래서 자꾸만 마음에 무게를 더해 우리의 몸을 늘어지게 한다. 나는 계속해서 몸집을 키우는 걱정을 양쪽 발목에 모래주머니처럼 든든히 차고 거리를 걸었다. 나의 걸음에는 불같은 화도 실려 있고 축축한 눈물도 묻어 있었다. 걸을수록 마음이 좀 가벼워진다면 무척이나 좋겠다만, 대부분 그렇지 않은 날이 더 많았다.

그날은 평소보다 오래 걸었다. 무거운 발을 이끌고 정처 없이 걸었다. 생각이 많아질 때마다 찾는 연못가를 한참 돌다 매일 커피를 사 마시던 카페를 본체만체 지나치고 오르막길을 올랐다. 길은 가파르고 높았다. 다른 길로 돌아 편히 갈 수 있었지만, 나는 그렇게 하지 않았다. 이를 악물고 오르막길을 올랐다. 연못을 걸을 때부터 운동화에 줄곧 쓸리고 있던 새끼발가락이 비명을 질렀고 무릎은 의지와 달리 굽신거렸지만, 나는 멈출 생각이 없었다. 나는 나를 괴롭히는 중이었다. 걷다가 멈추면 내 뒤를 바짝 따라오고 있던 어떤 생각들에 잡아먹힐까 무서웠다. 그래서 멈추지 않고 지친 몸을 이끌었다. 그러다 자빠진 것이다. 말 그대로 자빠졌다. 두 팔과 두 다리를 쭉 뻗은 채 걸어온 만큼을 나뒹굴었다. 소리도 내지 못하고 숨을 참으며 저절로 멈출 때까지 굴렀다.

처음에는 내가 넘어졌다는 것이 믿기지 않았다. 그냥, 그 순간 내 눈에 보이는 것들은 뭐랄까? 어느 옛날 음악방송 카메라맨의 현란한 360도 카메라 회전 기술을 떠올리게 했다. 아주 현란하고, 어지럽고, 대단했다. 이끼가 잔뜩 끼어 있는 보도블록에 왼쪽 뺨을 갖다 대고 엎어진 상태로 그런 생각을 했다. 주위에 아무도 없었으면 좋겠다는 생각. 그러다가 잠시 뒤, 생각을 바꿨다. 누가 있었으면 좋겠다는 생각으로. 지금 넘어진 나를 보고 마음껏 비웃어 줄 누군가가 있었으면 좋겠다고. 그러면 조금 덜 민망하지 않을까? 순간 어렸을 때가 떠올랐다. 왜 우리는 모두 어린 시절에 한 번쯤은 넘어져 본 기억이 있지 않나. 아니면, 넘어진 친구를 놀려 봤다든가.

어린 시절의 나는 줄곧 잘 넘어지는 아이었다. 자전거를 타다가도 넘어지고, 롤러를 타다가도 넘어지고, 계단을 내려가다 넘어지고, 그냥 걷다가도 넘어지곤 했다. 그럴 때마다, 나의 두 눈에는 속절없이 눈물이 솟았다. 깨진 무릎이 아프고, 까진 팔꿈치가 아프고, 상처 난 뺨이 속상해서. 그런데, 희한하지. 그렁그렁 맺힌 눈물이 슬프게 기억된 적은 한 번도 없다. 이유는 명확하다. 그때 나와 함께 걸었던 친구들의 웃음소리가 나의 눈물을 멈추게 했었다.

"깔깔, 깔깔. 야, 애 넘어졌어!"

"야! 괜찮냐? 와, 졸라 웃겨! 와하하!"

"야, 일어나, 이거 잡고 일어나, 아, 개 웃겨! 애 넘어지는 거 봤냐?"

몇몇은 넘어진 나의 옆에 같이 드러눕기도 하고, 몇몇은 나를 흉내 내기 바빴다. 몇몇은 웃느라 제대로 가누지 못하는 몸을 비틀거리며 나를 잡아 일으켰다. 그러면 나는, 울려다가도 울 수 없었다. 우는 대신, 나를 꼭 붙들고 휘청이며 웃는 친구들의 손에 이끌려 일어났다. 그리고 눈물이 가득 맺힌 눈으로 누구보다 크게 웃었다. 나는 넘어져서 행복했고, 넘어져서 아프지 않았고, 넘어져서 웃겼다. 웃을 수 있었다. 금세 털고 일어날 수 있었다. 늘 누군가의 손을 붙들고 일어날 수 있었다. 그래서, 넘어지는 것이 무섭지 않았다. 어린 나는 그랬다. 그랬는데…….

지금의 내 주변은 고요하다. 그래서 나는 어린 날의 내가 부러웠다. 그때처럼 일으켜 줄 누군가가 있었으면. 당장 일으켜 주지 않아도 옆에서 배를 잡고 웃다가 손을 내밀어 줄 누군가가 있었으면 하고 바랐다. 그러면 좀 덜 민망할 텐데. 그러면 나도 같이 웃으면서, 나를 넘어지게 한 바닥을 살펴보면서, 아픈 부위를 눈으로 확인도 하면서, 그리 크게 다치지 않았다는 것에 안도하면서, 찔끔 나온 눈물을 대충 훔치면서, 두고두고 이 이야기를 하며 내가 넘어졌다는 사실을 아무렇지 않게 만들 수 있을 텐데.

누구나 시간을 돌리고 싶다는 생각을 했던 날이 있을 것이고, 시간을 멈추고 싶다는 생각을 했던 날도 있을 것이다. 어린 날의 내가 부럽고, 부러움과 동시에 밉기도 하고, 그립기도 한 날도. 나는 가끔 어린 날의 내가 되고 싶다. 크게 웃고, 크게 울고, 크게 넘어지고, 크게 상처받는 일이 크게 느껴지지 않던 작은 내가 되고 싶은 생각이 불쑥 치밀 때가 있었다. 그럴 때마다, 그때와 지금의 삶이 무엇이 다르고 무엇이 비슷한지 오래도록 생각하게 되었다.

나는 시간을 돌리고 싶다는 생각을 매일 하는 사람으로서 그 염원을 담아 집 근처의 연못을 시계 반대 방향으로 걷는다. 나는 내가 정말 과거로 돌아가기에 성공한다고 해도, 원래 했던 행동과 다름없는 행동을 할 것이라는 걸 잘 알고 있다. 안다. 그것이 최선이라 생각했기에 그렇게 했을 테니까. 그런데도 나는 시간을 돌리고 싶다. 어차피 일어날 일이라면, 조금 더 과감하게 후회를 저지르고 싶고, 조금 더 많이 넘어지고 싶어서. 생각해 보면, 굳이 시간을 돌릴 필요는 없을 것 같기도 하다. 지금부터라도 조금 더 많이 넘어지고, 과감하게 후회를 저지르면 될 일이니.

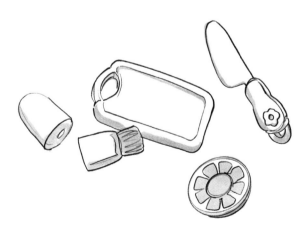

인생을
소꿉장난처럼

아홉 살 정도 됐을 무렵. 나는 우리 아파트에서 소꿉놀이를 제일 잘하는 사람이었다. 소꿉놀이를 잘한다는 것은 어떤 역할을 맡아도 잘한다는 뜻이다. 친구들은 아빠나 남동생과 같은 역할을 맡는 것을 싫어했다. 무조건, '엄마'의 역할을 고수하는 친구들 덕에 나는 주로 '아빠' 역할을 맡았다. 그리고 그 역할을 곧잘 해냈다.

'아빠'처럼 행동하는 것은 어렵지 않다. 약간 굵은 목소리를 내면서, 놀이터 주위를 종일 빙빙 돌다 '집'이란 공간으로 설정한 미끄럼틀로 올라서면 그만이다. 미끄럼틀 계단을 오를 때는, 몇 번의 헛기침을 동반하면 좋고 보이지 않는 문을 열고 들어서며 '아빠 왔다.'라고 외치면 되었다. 그러면, '엄마' 역할이 말을 걸어온다. '수고했어요, 오늘도 바빴죠? 얼른 들어와서 밥 먹어요.' 이때, 모래 한 사발, 나뭇잎 반찬을 야무지게 내 앞에 가져다 놓는 '엄마'에게 고맙다는 말을 건네지 않으면 더 완벽한 '아빠'가 될 수 있다. '아이' 역할은 그들이 설정한 나이마다 다르게 행동한다. 대부분은 젖병을 물고 가만히 누워 옹알거리는 '아이'가 등장하는데 그들은 자기가 이미 거쳐 온 어느 기억을 재현하기 때문인지 굉장한 자연스러움을 뽐내곤 했다.

지금 생각하면, 대체 그 놀이가 뭐가 재미있어 미치도록 열광했는지 알 수가 없다. 놀이터에 나가면 아이들 대부분은 소꿉놀이에 심취해 있었다. 늦게 도착하는 날이면, 아이들이 설정한 3인 가족이나 4인 가족에 들어갈 수 없어 '이웃'의 역할을 맡곤 했다. 소꿉놀이에서는 오로지 한 가족만이 주체적으로 움직이기 때문에, '이웃'의 역할은 단 하나였다. 오가며 보이는 가족들에게, '어머, 어디 가시나 봐요?'하고 묻는 정도랄까?

가끔은, 당황스러운 설정을 가져오는 아이들도 있었다. 이아이들의 단점은 너무나 현실적이라는 것에 있었다. 그들은 늦게 들어오는 '아빠'가 술에 잔뜩 취해 들어와 집 안을 난

장판으로 만드는 행위를 수시로 일삼았다. '엄마'가 흙으로 열심히 만든 상차림을 무자비하게 밟거나, 잠든 척하는 '아이'에게 간지럼을 태워 비명을 지르게 만드는 일도 비일비재했다. 이렇게 되면, 화목한 소꿉놀이가 될 수 없기에 대부분 다른 역할을 맡은 아이들이 설정에서 빠져나와 그들을 중재했다. 그러면, 그들은 아무렇지 않은 표정으로 말했다.

"우리 아빠는 이러는데?"

지금 생각해 보면, 아이들이 하는 소꿉놀이는 자신이 속한 가족의 단면을 그대로 보여 주는 것이 아니었나 싶다. 아주 가끔 소꿉놀이 흔적을 발견하곤 하는데 그럴 때마다 나는 문득, 인생도 소꿉놀이처럼 즐길 수 있다면 얼마나 좋을까 생각하곤 한다. 소꿉놀이는 어려운 것이 없다. '아빠'든, '엄마'든, '아이'든, 자신의 역할에만 충실하면 그만이다.

삶의 형태가 다양해지는 요즘 세상에서 나는 나만이 할 수 있는 고유의 역할은 무엇일까 궁금하다. 어디에서 어떤 역할을 맡든, 그에 맞는 형태를 잘 꾸려낼 수 있어야 할 텐데. 아무쪼록 맡은 역할을 잘 해내며 살고 싶다.

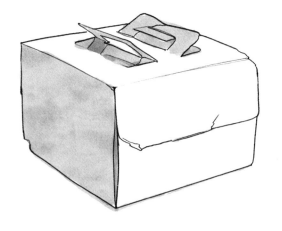

매일을
생일처럼

어렸을 적 줄곧 생일파티를 해 왔다. 초등학생이 되어선 같은 반의 친구들을 모두 불러 모은 적도 있었다. 장소는 집이거나, 집이 여의치 않으면 동네에서 유명한 햄버거 가게이기도 했다. 아이들은 삼삼오오 모여들었고, 나는 그들에게 주로 연필이나 필통, 공책과 같은 실용적인 선물을 받았다. 햄버거 가게에서 했던 생일파티는 잘 기억나지 않고, 집에서 했던 파티는 생생하게 기억난다.

엄마는 모든 음식을 직접 하셨다. 떡볶이, 잡채, 김밥 등 내가 좋아하는 것이 모두 상 위에 올랐다. 좋아하는 음식과 좋아하는 친구 그리고 사랑하는 엄마와 가족의 축하를 받으며 하루의 주인공이 되는 기분을 쉽게 잊지 못한 탓일까? 나는 그 이후로도 생일이 포함된 달이 되면 가슴이 괜히 설레어 쉽게 잠을 이룰 수가 없었다.

지금은 그때의 생일과는 다르다. 나를 낳아 준 엄마께 감사하다고 말하는 것으로 끝나기 일쑤다. 엄마가 챙겨 주지 않으면 미역국도 먹지 않는 일이 잦았다. 생일이 싫어져서가 아니었다. 덤덤한 이유를 굳이 찾자면, 당시와 같은 기분을 느끼지 못할 뿐이라고 답할 수 있었다. 우르르 모여 '생일 축하해!' 외치며 목청껏 노래를 불러 주던 친구들이 많이 줄었다. 먹지 않을 케이크는 돈이 아까워 사지 않는다. 나이에 맞게 초를 꽂는 것도 부끄럽고, 생일 선물을 주고받는 일도 번거로웠다.

걱정과 근심이랄 것이 하나도 없던 시절에 오직 나만을 위한 축하를 받던 습관이 너무 깊게 나를 지배하고 있어서일까? 나는 생일 전날부터 두근거리는 가슴을 진정시키느라 진땀을 빼야 했다. 고요한 가운데 자정이 되면, 나는 어둠 속에 홀로 앉아 오직 나를 위한 기도문을 읊었다. 이번 생일에는 비가 왔다. 시작부터 촉촉이 젖는 마음을 부여잡고, 우울의 진흙탕을 구르지 않기 위해 자리에서 벌떡 일어났다.

눈에 보이는 일기장을 펼쳐 들고, 작년의 생일로 돌아갔다. 바로 1년 전 오늘, 나는 무슨 생각을 하고 있었을까. 일기 장에는 오늘처럼 생일을 맞이해 방황하는 1년 전의 내가 있었다.

[생일을 20분 남겨 두고 있다. 가슴이 뛰어 잠을 자지 못하는 바람에 오늘도 고스란히 생일의 첫 시작을 맞이하게 생겼다. 1년 전에는 무슨 일이 있었는지, 어떤 감정을 느꼈는지에 대해 궁금해 일기를 뒤져봤는데, 역시 생일에 느끼는 감정은 매년 같은 것 같다. 뭔가 알 수 없는 기대에 잔뜩 부풀었다가 급하게 식는 느낌이랄까. 지나간 것이 자꾸만 떠오르는 오늘. 그때 세상에서 제일 행복한 표정으로 나의 생일을 축하해 주었던 몇몇은 이제 내 옆에 없다. 그렇지만, 오늘이 나의 생일이란 것은 변함없다. 기쁜 마음으로 생일을 맞이하자. 오늘은 케이크 위에 자리한 촛불을 한 번에 끄는 것만이 세상에서 제일 중요한 일인 듯 가볍게 살자. 생일 축하해. 혹시 이 일기를 찾을 1년 뒤의 나야, 우울함은 접고 당장 나를 위한 케이크를 사러 나가자.]

이번 연도의 생일은 1년 전의 내가 제일 먼저 축하해 주었다. 당장 케이크를 사러 나가라 재촉하는 글씨를 보고 있자니 웃음이 났다. 그래, 축하해야 할 일은 축하를 해야 마땅하지. 제일 예쁜 색의 케이크를 골라 들고 집에 오자. 오랜 진

통으로 엄마를 고생시켰던 나의 탄생기를 다시 한번 엄마의 입을 통해 생생히 전해 듣자. 가족과 함께 초를 불어 끄자. 초를 끄기 전에는 나와 당신의 행복을 위해 잠시 눈을 감자. 케이크의 장식이 뭉개지는 것을 개의치 말고 각자의 접시에 덜어 기쁨을 더하자. 이 세상에서의 첫 시작을 축복하자. 앞으로 더 많은 걱정과 슬픔과 분노와 막막함과 기쁨과 사랑과 행복과 어떤 경이로움을 피할 수 없이 받아들여야 한다는 것에 기꺼이 설레는 마음으로.

누군가 떠난 자리를 새로이 인연을 맺은 누군가가 채워 주었다. 사랑이 잔뜩 묻은 눈빛과 말투로 생일을 축하해 주는 당신들을 보고 있으려니 생일이랍시고 괜히 작아지고, 움츠러들고, 스스로 우울을 찾아 헤맸던 나의 모습이 부끄럽게 느껴졌다. 우울감이 있던 자리를 꼭 같은 우울감이 채우는 것은 아니다. 그 자리는 언제든 다른 것이 채울 수 있다. 사랑, 혹은 설렘 같은 것이.

나는 그것을 가장 우울할 줄 알았던 어느 생일에야 비로소 깨달았다. 마음껏 기뻐하고, 탄생을 축하하는 활기찬 날이 바로 오늘이어야 함을 드디어 알게 된 것이었다. 나는 나를 위해 목청껏 노래를 불렀다. 단조롭게 반복되는 멜로디를 듣고 있자니, 묘하게 마음이 붕 떴다.

1년 동안 마음의 밭을 잘 가꾸어 다음 생일에는 조금 더 건강한 모습으로 생일을 맞이할 수 있기를 바랐다. 어김없이 1년 전을 궁금해하며 일기를 들춰 볼 나를 위해 나는 또박또박 최대한 멋진 글씨로 나에게 편지를 썼다. 편지는 '사랑하는 나에게'로 시작했다.

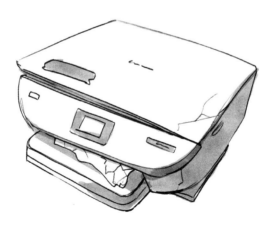

내 안의 잉크가
모두 닳은 느낌

'번아웃'이라는 거창한 이름을 달 만큼의 무엇을 하지 않았기에 차마 번아웃을 겪고 있다고 말하지는 못하겠고, 그저 읽기도 싫고 보기도 싫고 듣기도 싫고 쓰기도 싫은 어느 지난한 과정을 지나왔다고는 말하고 싶다. 쓸 수 있을 때까지 쓰고, 볼 수 있을 때까지 보고, 들을 수 있을 때까지 듣고, 읽을 수 있을 때까지 읽자는 마음과 무관하게 나는 눈을 흐리게 뜨고, 귀를 닦는 척 막아 버렸으며, 손을 놀리지 않았다.

내 안의 잉크가 다 닳은 느낌이 들었다. 감정을 표현해야 하는데, 어떤 표현 방식을 써야 할지 도무지 떠오르지 않았다. 입으로 인출되어 나오는 말과 손가락 끝으로 쓰이는 모든 말이 뒤죽박죽이고, 심지어 뇌는 종이가 걸린 프린터처럼 덜커덩덜커덩 웃기지도 않은 소리를 냈다. 매일 썼던 일기는 두 달 전에 멈춰 있다. 눈에 보이는 공백을 확인하면서, 줄곧 이런 날도 있고 저런 날도 있는 거라 깊이 생각하지 않으려 했지만, 시간이 갈수록 당황스러움을 숨기지 못했다.

나는 내 마음이 어떤 방향으로 가고 있는지, 가려 하는지 알 수 없었다. '잉크를 갈아 끼우면 되는 거 아니야?'라고 누군가는 쉽게 말하겠지만, 그건 말처럼 쉬운 일이 아니었다. 요즘의 나는 머리가 자주 아프고 멍하다. 잠과 잡생각이 많아졌다. 나는 내가 잘 버텨야 한다고 생각한다. 잉크를 채우기 위해선, 당분간은 나에게만 집중하는 시간을 가져야 했다. 사람들은 각기 다른 잉크통과 색, 분량을 가지고 있을 것이다. 나는 아직 통이 작은데 쓸 말은 넘쳐나서 잉크가 이렇게 빨리 닳는 것 아닐까? 그렇다면, 잉크를 잘 분배해 쓰고 싶은 것을 제때 쓰는 힘을 키워야 했다.

몇 주간 일기를 쓰지 못해서 그런지, 마음이 비우지 못한 쓰레기통처럼 느껴졌다. 여태 썼던 글을 다른 식으로 보고 싶어 무심코 인쇄를 눌렀다가 '남은 잉크가 없습니다.'라는 경고를 접한 후였다. 반은 인쇄되고, 반은 인쇄되지 않은 종이를 쓰레기통에 버리려 뚜껑을 열었다. 오랫동안 비우지 않은 쓰레기통이 반항하듯 사탕 껍질 몇 개를 뱉었다. 조금 더 담을 수 있을 것 같아 꾹꾹 눌러 뚜껑을 닫던 날이 무심코 떠올랐다.

꽉 차면 버리고, 비웠으면 다시 채우는 이 단순한 행위가 어려운 수학 문제처럼 느껴질 때가 있었다. 과정은 알고 있지만, 매번 답이 틀려 어찌할 바 모른 적도 많았다. 늘 정답일 순 없다. 하지만, 과정을 잃지 않고 나아가며 기필코 정답에 가까운 삶을 살고 싶다고 생각한다. 마음이 보내오는 경고 메시지 창을 그저 꺼 버리거나 모른 척하는 것이 아니라, 그럴 때는 잠시 멈춰 어떻게든 재정비할 수 있는 시간을 가져야 함이 옳다.

아주 단순한 행위고, 생각이고, 과정이지만, 가끔 우리는 이것을 놓칠 때가 많다. 제대로 출력되지 못한 감정이 마음에 끼어 오류를 불러오지 않도록, 끊임없이 속을 뒤집어 봐야 하는 것이 우리가 가질 수 있는 공통된 삶의 방식이 아닐까 조심스럽게 정의를 내려 본다.

다만 꿋꿋하게 걸으며
내 길을 찾을 뿐

제대로 여행을 떠나고 싶었다. 광활한 자연 앞에서 한없이 작아지고 싶었다. 이것은 나의 오랜 소망이기도 했다. 눈을 크게 뜨게 되는 그런 압도적인 자연 앞에서 사소한 잘못을 고하고 싶었다. 나의 잘못이 이 자연을 이루는 어느 작은 모래 알갱이에 불과할지라도 꼭 그러고 싶었다. 한없이 눈물을 쏟고 싶었고, 무엇이든 용서받고 싶었다.

우리는 아주 찰나의 순간을 살다가 생을 마감한다. 생을 마감하며 자연의 일부가 되는지, 다른 세계로 떠나게 되는지 나는 아직 알 수 없지만, 인간이 그 짧은 순간을 살면서 온갖 사치를 다 부리고 간다는 것 정도는 안다.

족히 200년은 더 산 나무를 볼 때마다 그런 생각을 한다. 얼마나 많은 것을 보았을까? 이 나무 그늘에서 얼마나 많은 이들이 쉬다 갔을까? 가끔은 이 나무를 끌어안고 운 사람도 있겠지. 나무는 무슨 생각을 할까? 참 많은 것이 변했다고 생각할까? 나는 가끔 자연이 궁금하고 부럽고, 그러다가도 내가 감히 궁금해하고 부러워할 수 없는 존재라는 것을 깨달은 채 입을 다물곤 했다.

광활한 자연과 비교하였을 때, 나의 삶은, 우리의 삶은 한 없이 '짧은 순간'이다. 우리는 그 짧음 안에서 여러 가지를 경험한다. 하나하나 다 나열할 수 없는 개개인의 삶이 그 안에 존재한다. 나는 그리 오래 살았다고 말할 수 없지만, 가끔 지나온 발자취를 더듬을 때면 참으로 많은 일이 있었구나, 새삼 놀라곤 한다. 그리고, 그 모든 일이 '이러이러해서 저러저러했습니다.'라는 정도의 한 문장으로 쓰일 수 있다는 것에선 알 수 없는 허탈감을 느낀다.

덧없다고 생각한 적은 없다. 삶이란 것을 하나의 여행으로 생각하려는 나에게, 세상은 절대 덧없는 것이 아니다. 무궁무진한 기회와 경우의 수로 가득한 여행의 끝이 어떨지는 알 수 없지만, 나는 묵묵히 이 여행을 이어가는 중이다. 사실, 덧없다고 해도 괜찮다. 인생은 어떤 수식어를 가져다가 붙여도 그저 인생이니까. 나는 내가 한없이 작아짐으로써 살아 있음을 분명히 느끼고 싶다. 가느다랗게 쉬는 나의 숨소리를 듣고 싶다. 그 순간을 고대하고, 마음에 담기 위해, 살아갈 이유를 하나씩 얻으며 살아가고 있다. 어디론가 가고 싶어 발을 동동 구른 적이 있다. 무작정 떠나고 싶은 마음. 왜 떠나왔는지 잊을 정도로 황홀한 풍경을 눈에 가만히 담고 싶은 마음이 들었다. 그 갈증과 같은 것이 손가락 끝을 내내 저리게 만들었다.

　꿈을 이루겠다는 마음으로 달랑 5만 원을 손에 쥔 채 서울로 향했을 때, 나는 스스로에 대해 탄탄한 믿음을 가지고 있었다. 지금 생각해 보면, 대체 어떻게 그 모든 일을 해냈을까 싶다. 스물몇 살의 나는 대단했다. 마음에는 꿈의 불씨가 종일 들끓었고, 그 덕분에 나는 멈추지 않는 전차처럼 달리고 또 달리기만 했다. 그래서 모든 것을 더 쉽게 내려놓을 수 있었다. 이제 더는 뛰지 못하겠단 생각이 들었을 무렵, 서울에 올라갈 때와 내려올 때의 목표가 같아졌다. '살기 위해서' 올라갔다가, '살기 위해서' 내려왔다.

　쉬지 않고 끈질기게 달렸던 스물몇 살의 나와 지금의 나는 완전히 다르다. 본질은 달라졌다고 할 수 없겠지만, 생각하는 것이나 꿈꾸고 있는 것에선 차이가 확연하다. 나는 흔히 '해 볼 것 다 해 봤기 때문에 홀가분한 마음'을 가지고 서울에서 내려왔다. 꿈을 반듯하게 접고 내려오는 것에는 많은 용기가 필요했지만, 나는 정말이지 달릴 수 있을 만큼 달렸기 때문에 후회하지 않는다. 그만큼 다 해 봤고, 보지 않아도 될 것까지 다 본 덕분에 두 손을 툭툭 털고 내려올 수 있었다.

나를 믿었기 때문에 가능한 일이 아니었나 싶다. 아무나 붙잡고, '이쪽으로 쭉 가면 꿈이 나올까요? 정말 제가 지금 하고 있는 모든 것이 꿈을 향해 나아가는 한 단계가 맞나요?'라고 물어보고 싶은 마음이 간절했다. 나조차도 내가 어디를 달리고 있는지 모를 정도로 빠르게 달릴 때가 많았다.

나는 여태 나를 바보라고 생각했다. 청춘을 다 바치고도 아무것도 남기지 못하고 하얗게 불타서 재가 풀풀 날리는 모습으로 돌아오지 않았는가? 그러는 와중에도 아직 살아 숨 쉬는 불씨로 인해 마음을 다치는 미련한 일을 반복했으니, 바보가 아닐 수 없다. 나는 그때의 나를 실패자 혹은 바보, 청춘을 허비한 사람으로 여기고 한동안 어디에서도 이십 대에 관련된 이야기는 하지 않았다. 하지만, 어느 순간부터 나는 누군가에게 이렇게 말하기 시작했다.

"이십 대 때 정말 힘들었지만, 해 볼 거 다 해 봐서 미련 없어. 나는 내 꿈을 위해서 할 수 있는 것은 다 해 봤어. 서른이 되었을 때는 한 템포 쉬어야겠다는 생각이 들어 모든 것을 다 내려놓았어. 그리고 차분히 생각해 보니까, 나는 그 꿈이 아니어도 살 수 있겠더라고. 힘을 다 썼어. 그리고 다른 꿈이 생겼어. 나는 이제 이걸 위해 달려 볼 거야. 한 번 해 봤으니, 이번에도 잘 달릴 수 있겠지. 달리는 건 어렵지 않으니까."

그때 나는, 끊임없이 달려 본 기억을 되짚어 봄과 동시에 사라진 줄 알았던 마음속의 불씨가 다시 타오르는 것을 느꼈다. 반가웠던 그때의 기분이란. 불의 세기와 색은 달랐지만, 어쨌든 타오를 수 있다는 것에 감사했다.

나에 대한 확신은 다른 누군가가 주는 것이 아니라 내가 만드는 것이다. 나는 줄곧 내 안에서 확신을 짜내어 동글동글 뭉친 후 아무렇게나 던져 놓았고, 다음 날, 지친 몸과 마음을 안고 일어나 그 확신을 끌어안고 한 걸음을 딛곤 했다. 그렇게 조금씩 나아가며 나의 인생 어느 한 부분을 구축해 왔다. 나는 여태 나를 바보로 생각했지만, 나는 바보가 아니었다. 묵묵히 걸으며, 마땅히 걸어야 할 길을 찾은 탐험가이자, 모험가였다. 아직 탐험하지 못한 곳이 많다. 생을 살아가며, 더없이 많이 배우고, 좌절하고 싶다.

추모관에는 생화를
들고 갈 수 없다

제목이 너무 단호했나? 사실, 추모관에는 생화를 들고 갈 수 있다. 생화를 들고 가서 납골함 앞에 내려놓으면, 우리가 그 자리를 떠나고 난 후 직원분들이 오셔서 가져간다. 생화를 허용하게 되면 하나하나 관리하기가 어렵고, 또 금방 시들어 버리기 때문에 반입을 금하는 편이다. 대신 조화는 들고 갈 수 있다.

외할아버지와 외할머니를 가로로 긴 공간에 함께 모시고 나니 한결 마음이 편했다. 외할아버지만 혼자 덩그러니 있을 때는 마음이 힘들었는데, 이제는 두 분을 잘 뵙고 왔다는 느낌이 든다. 외갓집이 아니라 추모관으로 뵈러 가는 것이지만, 희한하게 그런 마음이 든다. 손에서 손으로 옮겨가지 못하지만, 드리고 싶은 것이 아직 너무나도 많았다. 그래서 매번, 인사를 드리러 갈 때마다, 우리 가족은 각자가 준비한 사진이나 편지 같은 것을 더욱 꼼꼼히 챙겼다.

얼마 전, 외할머니가 돌아가시고 맞는 첫 생신이라 추모관에 방문했다. 할머니와의 이야기를 담은 첫 책 <나이롱 시한부>를 들고 갔다. 직접 품에 안겨 드리고 싶은 마음이 간절했지만, 그럴수록 나는 많은 사진을 비집고 책을 더 안쪽으로 넣을 뿐이었다.

엄마와 이모가 외할아버지와 외할머니께 인사를 하는 동안, 나는 주변을 둘러보았다. 환하게 웃고 있는 사진이 많았다. 먼저 간 누군가를 위해 아기자기하게 꾸며 둔 공간은 '자기만의 방'처럼 느껴졌다. 사랑한다고 쓰인 쪽지, 생화 대신 색종이로 접은 꽃이 눈에 들어왔다. 나보다 나이가 어린 사람의 생년월일을 마주칠 때마다 자꾸 한숨이 나왔다. 생전 좋아했던 모든 것이 네모난 칸에 함축되어 있었다.

나는 추모관에 올 때마다 생화를 가져오고 싶었다. 두 분이 생화를 좋아하셨기 때문이다. 두 분이 함께 계셨던 외갓집에는 곳곳에 생화가 있었다. 기념할 날에 꽃다발을 주문해 안겨 드리는 건 우리 가족이 행하는 작은 이벤트이기도 했다. 기쁜 날에 꽃이 빠지면 섭섭하지, 두 분은 꽃을 정말 좋아하시니까, 집에 두고 저절로 시들 때까지 예쁘게 꽃병에 꽂아 두시니까, 그걸 보면서 다시 만날 날을 손꼽아 기다리시니까, 꽃다발을 드릴 이유는 다양했다. 오랜만에 외갓집으로 향하는 날에는 꽃을 고르며 여정을 시작했다.

그렇게 생각하니 꽃 한 송이 없는 두 분의 '방'이 왠지 쓸쓸하게 느껴졌다. 나의 책, 이모가 준비한 선물, 엄마가 준비한 선물, 함께한 추억이 담긴 사진이 가득 자리를 채우고 있음에도 그랬다. 문득 다음에는 잠시 내려놓더라도 생화를 가져오면 어떨까 하는 생각했다. 그러다가 곧 생각을 멈췄다. 꽃다발을 들고 와도 예전처럼 직접 전해 드리는 마음을 느낄 수 없으니 한없이 서글퍼지리란 예감이 들었기 때문이다.

떠나간 누군가를 위해 무언가를 하고 싶은 마음 앞에는 직접 만나고 싶은 마음이 서려 있다. 직접 얼굴을 마주하기까지는 얼마나 걸릴지는 모르겠지만, 아직 많은 시간이 남아 있으니, 잠시 생화에 관한 생각은 접어 두는 것이 어떨까 싶었다.

죽은 사람을 그리며 생각한다는 추모의 뜻처럼 추모관에 다녀오면 먼저 다른 세계로 떠난 두 사람에 대한 그리움이 더욱 진하게 마음에 남는다. 절대 해소되지 않을 그리움이 조금씩 몸집을 불리면, 나는 잠시 눈을 감고 어둠으로 몸을 숨긴다. 그리움은 다양한 형태로 어둠을 비집고 들어오는데, 그럴 때면 다음에 방문하게 됐을 때는 조금 더 건강해야지, 조금 더 좋은 소식을 들려드릴 수 있도록 해야지, 등의 다짐이 반복됐다.

나는 천성이 게으른 사람이라 잠시의 이 다짐이 결국 사라지고, 또 단어 하나 틀리지 않는 다짐을 반복하게 될 것을 안다. 그런데도 나는 처음으로 돌아가 자꾸만 다짐하고 싶다. 다짐하는 순간만큼은 정말 그 다짐을 온전히 성취할 수 있을 것 같은 묘한 기분이 들기 때문에. 언제까지고 그런 묘한 기분을 느끼면서, 다짐에 다짐을 반복하면서, 내가 그 다짐을 이룬 줄도 모르면서 살아가고 싶다. 그러다 보면, 마치 생화처럼 잔뜩 생기를 머금은 몸으로 그리운 두 사람의 품에 기꺼이 안길 날이 오지 않을까?

그렇다면 분명 이곳이 아닌 어딘가에서 만나 못다 한 이야기를 나눌 때가 오겠지. 나는 그때가 되면, 그들의 이야기를 먼저 듣고 싶다. 어떤 일이 있었는지, 무슨 생각을 했는지, 무얼 했는지, 모든 것을 빠짐없이 듣고 싶다. 그러면서, 그들이 나에게 해 주었던 것처럼 때에 맞는 반응을 보일 것이다. 그들이 조금 더 신나게 이야기할 수 있도록, 기꺼이 그리하고 싶다.

나는 나의 자랑이
되고 싶었다

머리를 높게 올려 묶고 까만 뿔테 안경을 쓴 채 모니터를 보고 싶었다. 창밖으론 찬란한 건물의 야경이 시끄럽게 조잘대고, 흐르는 강물이 그것을 묵묵히 들어주는 풍경이 머문다. 이렇듯 눈에 닿는 작은 소란을 힐끗힐끗 쳐다보면서 무언가 대단한 것을 하고 싶었다. 혼자 사는 집은 고요하고, 그 공간을 채우는 소리의 근원은 오직 나였으면 했다. 새벽의 고요함과 아침의 묵직함을 커피 향으로 달래며 어제 밤새도록 매달린 것이 점점 성공의 모양을 갖춰가는 것을 흐뭇한 미소로 보고 싶었다. 그냥 그러고 싶었다. 그것이 내가 상상한 성공의 한 면이었다.

머리를 높게 올려 묶기 위해서는 머리가 길어야 하지만 나의 머리는 한없이 짧다. 까만 뿔테 안경은 나에게 어울리지 않는다. 무언가 대단한 것을 하는 듯 보이지만 실제로 내가 하는 일은 많지 않고 그리 대단치도 않다. 나의 방에 커다란 창은 없고, 그나마 있는 작은 창은 바로 맞은편의 아파트와 마주하고 있다. 겁이 많은 터라 여행을 가더라도 꼭 친구와 함께 자니, 혼자 커다란 퀸사이즈의 침대를 차지하고 자는 것도 무리다. 새벽에는 오지 않는 잠을 기다리다 지치고, 아침에는 뒤늦게 찾아온 잠에 휘둘린다. 그러니, 건강한 삶의 시작인 아침 운동과는 이미 거리가 멀다. 하루에 한 잔씩 꼭 마시던 커피는 이젠 속이 쓰려 마음대로 마시기도 어렵다. 내가 상상한 성공의 한 면과 나는 이렇듯 지극히 반대에 있다.

나는 내가 생각한 성공의 장면을 당연한 하루의 일과로 삼는 사람이 되고 싶었다. 삶의 패턴이 잘 짜인 사람이 되고 싶었다. 쉽게 말해서 나는 누구에게나 자랑할 수 있는 '나'라는 존재를 갈망했다. 다른 누구의 자랑이 되는 것도 좋지만, 나는 우선 나의 자랑이 먼저 되고 싶었다. 단지 그것뿐이었다.

가끔은 그런 내가 견디기 힘들었다. 나는 나에게 바라는 것이 너무 많았다. 어쩌면 그로 인해, 내가 나를 더 대단치 못하게 만드는 것일지도 몰랐다. 내가 생각하고 있는 곳에 도달하지 못하면 어쩌나 하는 마음과 도달해야 한다고 생각한 목표 따위 원래 없었다는 마음과 그러면 나는 여태 무엇을 위해 살았을까 하는 마음과 그 가장 밑바닥에 있는 여러 자질구레한 마음이 다른 이들과 나를 비교하는 척도가 되어 종일 나를 불안하게 뒤흔들고 있었다. 나는 나 이외의 삶이 궁금해 자꾸만 쓸데없는 것을 들여다보았다.

처음에는 가까운 사람의 삶을 들여다보았다. 그들이 어떻게 사는지, 어떤 생각을 하는지 나는 끊임없이 궁금해했다. 궁금해하는 것에서만 그치는 것이 아니라, 그들의 삶과 내 삶이 어떻게 다른 것인지 비교하고 따졌다. 덕분에 언제나 그들의 삶은 잘 가꾸어진 삶이었고, 나의 삶은 그에 비해 한없이 부족한 삶이 되었다. 가까운 사람의 삶이 더는 궁금하지 않을 때, 나는 나와 먼 사람의 삶도 들여다보았다. 처음부터 끝까지 볼 수 없음이, 내가 보는 것이 전부가 아님이 당연하지만, 나는 그 삶을 들여다보았고, 그 옆에 나의 삶을 가져갔다. 그의 삶이 나의 삶보다 훨씬 깔끔하고, 빛난다고 느꼈다.

더 바라볼 삶이 없을 때가 되어서야 나는 아주 가끔 나의 삶을 들여다보았다. 미래의 삶은 알 수 없고, 지금의 삶은 너무나 척박하니, 나는 나의 자랑으로 '과거의 나'를 불러왔다. 앞으로의 자랑이 되어야 할 판에, 자꾸 그전의 나를 불러와 자랑으로 삼았다. 쉬지 않고 파란만장했던 이십 대만 읊었다. 그래야 할 것 같았기 때문이었다. 더 많은 상처를, 더 많은 슬픔을, 더 많은 아픔과 고통 그리고 더 많은 분노를 끊임없이 느끼며 살아왔다고 말할 수 있어야 겨우 자랑이 될 수 있을 것 같았다. 그럴 때가 있었다.

끝없이 '자랑'이고 싶었던 어느 시기는 조용히 저물었다. 지금의 나는 '나의 자랑이 되고 싶었던 나'를 어렴풋이 기억할 뿐이다. 자랑이 되고 싶지 않은 것은 아니다. 언제라도, 나는 그 누구의 자랑이 되고 싶다. 다만, 욕심이 사라졌다. 조급함이 사라졌다. 시간이 지날수록, 내가 무언가 이루고 싶은 것이 새로 생길수록, 그렇게 나이를 먹어갈수록, 밥 먹을 돈이 거저 생기는 게 아니라는 것을 절감할수록, 서른이 되면 누구나 번듯한 직장에 월세 걱정 없는 집을 가질 수 있다는 것이 그저 어린 날의 상상이었다는 것을 체감할수록, 오직 살아남는다는 것이 크나큰 목표인 이들이 넘쳐 난다는 것을 절실히 알게 될수록, 나 역시 그저 존재하는 내가 자랑스럽다고 여기기로 했다.

존재하는 이상, 나는 언제든 나의 자랑이 될 수 있을 것이다. 이런 생각을 하는 동안에 나는 아주 잠깐이나마 나와 무엇을 비교하지 않고 온전한 시간을 보낼 수 있었다. 앞으로도 오랫동안, 언제든지 그럴 수 있다는 것을 깨닫기까지 참 오랜 시간이 걸렸다.

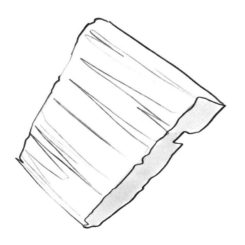

자투리
인생

바닥에 떨어진 나무 조각은 오랫동안 바닥에 놓여 있었다. 필요하지 않다고 판단되어 버려진 나무 조각이니, 누구도 줍지 않았다. 나무는 분명 다른 곳에 한 번도 쓰이지 않은 새것이었다. 그렇지만, 탄생과 동시에 버려진 후에는 가치를 잃었다. 나무를 자르는 이가 방향을 달리 설정했다면, 지금 바닥에 놓인 이 자투리의 반대쪽 끄트머리가 이곳에 떨어져 있지 않았을까? 삶은 알 수 없다.

삶에서 나는 아주 중요한 인물이 되기도 하고, 자투리가 되기도 한다. 자투리가 되고 싶어서 삶을 묵묵하게 견디는 사람은 없을 것이다. 1인칭의 삶을 사는 이상, 나의 인생의 주인공은 언제나 나 자신일 수밖에 없다. 나는 내가 언제나 중심에 자리하길 바랐다. 어디로든 치우치지 않고, 정확한 중심을 완벽하게 지킬 수 있길 바랐다. 자투리가 되는 삶을 상상한 적은 단 한 번도 없었다. 나는 내가 굳이 노력하지 않아도, 언제든 중앙을 지키는 삶을 살 수 있으리라 생각했다. 별도의 노력은 필요하지 않으리라 생각했다. 나는 언제나, 내가 세상을 보는 그대로 1인칭의 삶을 아름답게 가꿔나갈 수 있을 것이라 믿어 의심치 않았다.

하지만, 자꾸만 끝으로 밀려나고 있다는 것을 당시 나는 알지 못했다. 할 일을 제때 하지 않는 게으름이, 나는 무조건 잘될 것이라는 안일함이, 나를 조금씩 밖으로 밀어내고 있었다. 정신을 차렸을 때는 이미 늦었다. 조금만 더 옆으로 밀리면 금세 낭떠러지로 떨어질 것이 분명했다. 아득한 아래를 보고 있자니 이래선 안 되겠다는 생각이 들었다. 다만, 너무 오랫동안 나는 나의 자리를 잊은 채 살았다. 다시 시작하려니 어디서부터 어떻게 걸어야 할지 몰랐다.

그래서 한동안은 끝으로 밀려난 마음을 품고 지냈다. 언제든 자투리가 되어 바닥을 구를 수 있을 것이란 조급함과 두려움이 나를 좀먹었다. 내가 시작점이 될 수 있다는 막연한 자신감은 다시 얼굴을 내밀지 않았다. 덕분에 하고자 하는 것을 이루는 데 가장 독이 될 수 있는 조급함과 넘치는 절실함을 품고 살았다. 조급함은 나를 더욱 벼랑으로 몰았고, 넘치는 절실함은 나의 자리가 그 어떤 곳에서도 끝일 수밖에 없음을 공공연히 알리곤 했다. 어디서든 환영받지 못하고, 버려진 자투리가 될 운명인 듯했다.

시간이 지날수록 발을 딛고 있는 범위가 점점 좁아짐을 느꼈다. 처음에는 두 발을 딛고 있었지만, 다음에는 한 발로 겨우 버텼다. 까치발로 억지로 좁은 자투리 안에서 버티는 느낌이 들었을 때, 이대로 더는 못 버티겠다는 생각이 들었을 때, 친구 P가 잠시 바람을 쐬고 오자며 나를 이끌었다.

P와 함께 간 곳은 부산이었다. 숙소에는 바다가 한눈에 보이는 테라스가 있었다. 드넓은 바다가 한눈에 들어 찼다. 밤이면 광안대교가 빛을 발했다. 나는 테라스에 있는 의자에 앉아 바다를 한껏 바라보며 시간을 보냈다. 바다는 아직 잠이 든 것처럼 보이기도 했고, 이제 막 잠에서 깬 것처럼 보이기도 했다. 뿌옇고, 습하고, 멍한 느낌이 몸을 잠식했다. 심장이 조여드는 느낌을 안고 겨우 까치발을 들며 살았던 순간이 아득하게 느껴졌다. 이렇게 잠시 해무에 잠겨 있어도 좋을 듯했다.

나는 바다를 보며 가끔 중얼거렸다. 주로, 답답하네, 겁나

네, 이래도 되나 같은 말이었다. 나를 답답하게 만들고, 겁나게 만들고, 이래도 되나 싶게 만드는 마음을 바다 위로 퐁당 퐁당 던지는 상상을 오래 했다. 나를 복잡하게 만드는 것이 잠시 사라지면, 나의 마음은 아무것도 든 것 없이 텅 비어있었다. 가끔은 내 속에 자리한 나 자신에게 물었다. 정말 언제까지 이렇게 살 거니? 뭐라도 좀 해야 하지 않겠니? 자꾸 자책만 할 거니? 언제까지 그럴 거니? 같은 질문들을. 정확하게 핵심을 찌르는 질문을 피해 나는 자주 헤맸다. 답을 찾듯 바다를 꼼꼼히 훑어보기도 했다. 가지각색의 보드 위에 올라선 사람들을 본 건 그때였다.

무릎을 꿇거나, 선 채로 보드 위에 있던 이들은 자신의 균형을 재정비하기 위해 망설임 없이 바다로 뛰어들곤 했다. 그들은 쉬지 않고 보드에 오르고, 바다로 뛰었다. 밀려오는 파도에 속수무책으로 넘어지는 나와 달리, 그것을 타고 즐겼다. 함께 바다를 보고 있던 P가 말했다.

"너도 좀 저렇게 해."

"뭘?"

"과감하게 하라고. 파도가 밀려온다고 겁내지 말란 말이야. 저렇게 균형을 잡든지, 아니면 바다로 뛰어들든지, 아니면……"

"아니면?"

"이왕 밀리는 거 멋지게 밀리든지. 저 사람들 봐. 파도를 즐기잖아."

"그러네."

"난 저거 타 봤거든. 보드. 보드 위에 올라서서 균형을 잘 잡는 게 제일 중요해."

"잘 타려면……. 아니 잘 밀리기라도 하려면, 어쨌든. 힘을 좀 키워야겠다. 매번 끝으로 밀리기만 해서, 언젠가는 자투리 같은 쓸모없는 조각이 되면 어쩌나 겁이 났어."

그러자 P가 말했다.

"자투리도 은근히 쓸 곳 많아. 나무랑 나무를 이어주는 역할이 되기도 하고. 아무튼, 몰라서 그렇지 의외로 많아. 어디에 어떻게 쓰일지 궁금하면, 좀 더 버텨 보자. 네가 시작점이 되면 되지."

저절로 고개가 끄덕여졌다. P와 이야기를 나누는 동안, 나는 나의 두 발이 온전히 마음의 바닥에 내려섬을 느꼈다. 발가락에 은근한 힘이 들어갔다.

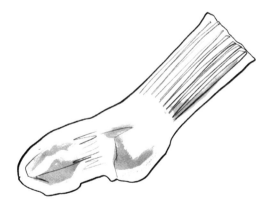

더럽혀진
마음

옷은 세탁이 되었음에도 깔끔하지 못했다. 분명 너무나 깔끔하고 밝은 흰색이었는데, 오래 입어서 그런지 이젠 점점 더 색이 바래는 느낌이 들었다. 흰옷과 흰 양말은 더러워지면 세탁하기가 곤란했다. 세탁해도 처음으로 돌아갈 수 있을 리 만무하다. 그런데도 나는 굳이 새하얀 옷을 구입하곤 했다. 그것을 입으면 나도 마음놓고 환해질 수 있을 것이라 느꼈기 때문이다.

가끔은 나에게 흰색은 너무 과분하다고 느꼈다. 흰색 옷을 입으면, 모든 행동이 조심스러워졌다. 더는 조심스럽고 싶지 않아 흰옷을 입는 것을 꺼렸다. 삶에 있어서 어떤 것은 너무 과해도, 반대로 너무 모자라도 문제였다. 적당한 것이 딱 좋지만, 적당한 것은 적당한 것대로 또 문제였다. 아주 차가운 물을 좋아하는 사람이 있고, 반대로 속까지 데워지는 뜨거운 물을 좋아하는 사람이 있는 것처럼 삶에 있어 어떤 것은 이것 아니면 저것이었다.

적당히는 어려웠다. 살아감에 있어서 특히 그랬다. 제대로 적당할 수 있는 공식이란 것은 애초부터 존재하지 않는 듯했다. 사람들은 저마다의 기준을 가지고 있으니, 그것을 하나하나 맞추며 사는 것은 정말이지 불가능한 영역이라 느껴졌다. 적당하게 살아가는 것은 어떻게 살아가는 것인가 매번 생각해 보곤 했다. 오늘 하루 잘 살고, 내일 하루를 또 잘 사는 것이야말로 적당한 삶일까? 그렇다면, '잘' 사는 것은 또 무엇인가? 과하지 않고, 또 너무 모자라지 않게 살아가는 것일까? 그것이야말로 적당한 것이 아닐까? 적당하면 잘 살 수 있는 것인가? '적당함'을 꼽자면 항상 이렇듯 모든 것이 복잡해지는 기분이 든다.

'다 쓴 마음'은 무슨 색을 가지고 있을까? 본래 하얗던 마음을 다 쓰면, 검게 변하는 것일까? 마음이란 것을 한 번도 눈으로 본 적이 없지만, 왠지 '다 쓴 마음'은 그런 색을 가지고 있을 것이란 생각이 들었다. 침울하고 우울한, 어둡고, 눅눅한 색이 마음에 물들어있을 것 같았다.

더는 입지 못할 옷을 수거함에 버리려 쓰레기장으로 향했다. 곳곳에 분리된 다양한 쓰레기가 눈에 들어왔다. 문득, 다 쓴 마음도 어떻게든 재활용하고 싶다는 생각이 들었다. 다시 누군가를 사랑할 수 있는 마음으로, 어쩌면 다시 누군가를 미워할 수 있는 마음으로도.

마음이 모두 소진되었을 때, 나는 한 곳에 가만히 서 있으면 현기증을 느낄 정도로 잔뜩 늘어진 상태였다. 어떤 것이 나에게 상처를 주었고, 나는 왜 속수무책으로 상처를 입을 수밖에 없었나에 관하여서는 할 말이 없다. 그 이유는 시시때때로 바뀌게 마련이기에. 상처를 외면하는 것에 익숙해진 나는 갑자기 찾아오는 통증이 나를 무릎 꿇게 하고 나서야 내가 다쳤음을 알았다. 새벽마다 나는 벌거벗은 기분을 느끼며, 어느새 생긴 흉터와 패인 자국을 손가락으로 더듬으며 시간을 보냈다.

상처는 모습도 크기도 가지각색이다. 나는 상처 하나하나가 어디서 다쳤는지, 왜 다쳤는지, 누구 때문에 다치게 되었는지, 사실 놀라울 정도로 정확히 알고 있었다. 상처는 언제 나았는지도 모르게 낫고, 어느새 새살이 돋기도 했다. 아직 나의 마음이 살아있고, 그러므로 끊임없이 순환하고 재생한다는 것을 보여 주는 적나라한 예라 볼 수 있었다. 나는 상처로 인해 '이제 막 무언가를 위해 소진되려 하는, 한 번도 사용된 적 없던 온전한 마음'을 마주하기도 했다.

한번 다친 마음은 어떤 면에 있어서 더 단단해지기도 하고, 되레 약해지기도 한다. 잘 아물게 되면 단단해질 것이고, 그렇지 않은 경우에는 볼 때마다 쓰라린 아픔이 기억나는 매개체가 되고 말 것이 분명했다.

나는 어떤 마음을 다 쓰고 나서야 내가 어떤 것을 좋아하는지, 어떻게 해야 기분이 좋아질 수 있는지, 어떻게 해야 차분해질 수 있는지, 어떻게 해야 울음을 멈출 수 있고, 어떻게 해야 상처를 잘 아물 수 있게 할 수 있는지를 깨닫는다. 이러한 부분을 알 수 있게 되기까지는 꽤 오랜 시간이 걸렸다. 조금 더 일찍 알았다면 그만큼 울게 될 날도 줄었을까? 아니다. 울지 않는 방법을 알게 되었더라도, 나는 울었을 것이다. 우는 쪽을 택했을 것이다.

이유는 간단했다. 나는 우는 행위가 가져다주는 후련함을 정확히 느낀 적이 있었다. 몸소 체험해 본 결과, 그것은 살면서 자주 경험해 봐도 좋을 것이 분명했다. '울고 싶을 때는 참지 말고 우는 것이 좋다.'라는 말을 나는 요 근래도 몸소 체험하고 있었다.

그리고 가끔은 엉엉 운 다음에 나를 어느 따스한 볕에 가만히 두는 것도 좋은 방법이 될 것이었다. 나를 잘 말릴 수 있는 볕은 내가 나의 마음에 드리웠던 그늘에서 걸어나감으로써 만날 수 있다. 떨리는 몸을 어루만져 주는 작은 볕을 느끼게 될 때, 우리는 각자가 겪는 '삶'에 대해 이전과는 다른 생각을 할 수 있게 됨이 분명했다.

비를 맞지 않아야 할
이유는 없다

비가 오는 날이었다. 바닥에 고꾸라진 우산이 눈에 들어왔다. 누군가 고장 난 우산을 버리고 간 모양이었다. 우산은 잔뜩 일그러진 표정을 지은 채 나를 바라보았다. 내가 해 줄 수 있는 것은 없었다. 잠시 주변을 둘러보았다. 비를 맞으며 뛰어가는 사람은 보이지 않았다. 우산은 완벽히 주인을 잃었음이 분명했다.

부러진 우산을 들고 걸었다. 나풀거리는 우산을 버릴 공간을 찾던 도중, 두 명의 여학생을 보았다. 가방을 앞으로 메고, 하나의 우산에 잔뜩 몸을 옹송그려 넣은 둘의 얼굴에는 웃음이 끊이질 않았다. 순간, 나는 누군가를 떠올렸다.

그녀를 생각하면, 자연스레 천둥과 비와 번개가 따라왔다. 그러니, 오늘 같은 날씨는 내가 그녀를 한 번 더 떠올리기에 충분했다.

하늘이 잠시 번쩍였다. 몇 초 뒤, 무언가 깨지는 소리가 들린다. 번개와 천둥이다. 나는 천둥과 번개를 그리 무서워하지 않았다. 번개가 번쩍인 후, 뒤따라오는 천둥을 기다리며 잠시 긴장하는 시간을 오히려 좋아한다. 철저히 혼자인 기분, 철저히 고독한 기분을 느끼게 되는 것이 좋다. 천둥과 번개와 비는 조화가 딱 맞다. 짙은 회색의 채도 낮은 축축한 날. 나는 그런 날을 좋아한다. 비가 오는 것을 몸으로도 느낄 수 있는 나이가 된 이후로(여전히 그것은 익숙하지 않다), 나는 오히려 더 그런 날씨를 고대하고 기다렸다.

정전은 무서워하지만, 천둥과 번개는 무섭지 않다. 이것은 천둥과 번개에 관한 나의 가장 첫 기억이 '무지하게 재미있음'으로 남았기 때문일 것이다. 초등학교 1학년 때다. 매일 같이 등교하는 친구가 있었다. 나와 비슷한 이름을 가진 친구였다. 우리는 늘 누군가가 이름을 부르면 동시에 뒤를 돌아보곤 했다. 집이 가깝진 않았는데, 방향이 같았다. 내가 조금 더 멀리 살았다. 친구와 같이 걷다가 친구를 먼저 집에 보낸 후, 나 혼자 조금 더 길을 걸어야 했다. 그날은 비가 왔고, 우리는 우산이 없었다. 친구는 자신의 집에 우산이 있으니, 그 우산을 챙겨 우리 집으로 가자는 이야기를 꺼냈다. 나는 나를 데려다준다는 소리에 적잖이 들떴었다.

어쨌든, 친구의 집까진 우산 없이 가야 했다. 우리는 쏟아지는 장대비를 맞으며 친구의 집으로 달렸다. 소리를 지르고, 신발주머니를 휘두르고, 일부러 물웅덩이를 골라 밟으며 뛰었다. 비를 쫄딱 맞고 친구의 집에 도착했다. 친구는 자신의 가방과 신발주머니를 아무렇게 던져 놓고, 곧장 우산을 챙겨왔다. 펼친 우산 사이에 젖은 두 아이가 어깨를 맞댔다. 이미 쫄딱 젖어서 우산 같은 것은 필요하지 않았지만, 우리는 우산 손잡이를 동시에 들고 꼭 붙어 걸었다.

"야, 이거 우산 웃겨!"

"헐! 이거 왜 이래?"

우산은 한쪽이 망가진 상태였다. 그것마저도 너무 재밌어서 걸음마다 웃었다. 하늘이 번쩍였고, 그때마다 빠짐없이 소리를 질렀다. 뭐가 그렇게 웃겼는진 알 수 없다. 혼자 걸었으면 질질 울면서 걸었을지도 모른다. 친구도 나도 서로가 왜 웃는지 모르고, 뭐가 웃긴지 모른 상태로 웃었다. 지금 우리가 젖은 게 웃기고, 천둥이 치는 것이 너무 웃기고, 내 옆을 걷는 애가 쫄딱 젖은 게 너무 웃기고, 하늘이 번쩍이는 것이 웃기고……. 그렇게 웃으면서 집까지 걸었다. 친구는 나를 집에다 데려다주고 자신의 집으로 다시 뛰어갔다. 친구는 혼자 그 길을 걸으면서도 재미있었을까?

엄마는 머리끝부터 발끝까지 젖은 나를 욕실로 데려가 따뜻한 물로 씻겨 주었다. 그 노곤함이, 그 편안함이 너무 좋았다. 나는 이제 안전하다는 느낌이 들었달까? 머리부터 발끝까지 꼼꼼하게 씻고 난 후에는 포근한 이불에 싸여 무슨 동화책을 꺼내 읽었다. 내 앞에선 엄마가 이제 막 세탁이 끝난 빨랫감을 건조대에 널고 있다. 은은한 섬유유연제 냄새, 온 집 안을 감돌던 따스한 적막과 향기로운 냄새, 그 사이로 풍기는 축축한 비 냄새와 밖의 소란스러움. 여전히 천둥과 번개에 세상은 요동치고 있고, 나 혼자 안전한 느낌. 그래서 스르르 잠이 들었던가?

그리운 순간은 언제나 불시에 떠오른다. 그때와 똑같이 순간을 재현할 수 없다는 것을 스스로 알아가며 살아가는 것이 약간 버겁게 느껴질 때도 있다. 하지만, 슬프진 않다. 좋게 남은 추억은 언제든 꺼내 볼 수 있으니.

그 후로부터 천둥과 번개는 나를 무섭게 하지 못했다. 오히려 즐거웠다. 지금 당장이라도 쫓아나가 쫄딱 젖고 싶은 생각도 들게 했다. 성인이 되고 난 후에는 아직 머리끝부터 발끝까지 쫄딱 젖을 정도로 비를 맞진 못했다. 하지만, 호시탐탐 기회는 노리고 있다.

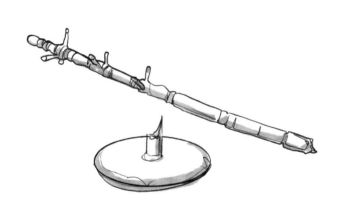

나도 나를 모르는데
넌들 나를 알겠느냐

인도에 비스듬히 누워있는 옷걸이를 보고 있자니, 나에게 수많은 기대를 거는 사람들의 모습이 겹쳐 보였다. 내가 쓰는 글만 보고 나를 전부 파악하게 되었다고 말하는 사람이 있었다. 나의 삶의 극히 일부이며, 약간의 상상력을 가미한 글을 보고 그런 말을 하는 것이었다. 어떤 사람은 나의 우울과 초라함을 자신이 직접 고쳐 줄 수 있다며 손을 내밀기도 했다. 그럴 때마다 나는 가끔 내 머리를 휘젓고 지나가는 '나도 나를 모르는데, 넌들 나를 알겠느냐.'라는 가사를 흥얼거리곤 했다.

나도 나를 모른다. 가끔은 내가 어디로 가고 있는지 모를 때도 많았다. 야간 기차를 탄 적이 있다. 나를 포함해 열 명 남짓한 사람이 한 칸에 실려 있었다. 밖이 어두울수록 창에 비친 나의 모습이 더욱 선명해졌다. 나를 쳐다보는 나의 시선이 부담스러워 일부러 더 먼 곳을 바라보려 했지만, 그럴수록 눈이 마주치는 순간은 더욱 잦았다. 기차가 높이 뜨면, 언덕이나 다리 아래로 깊은 어둠이 보였다. 기차는 터널도 통과하고, 구불구불한 선로를 마치 직선처럼 거뜬히 지나곤 했다. 목적지를 알리는 안내 음성이 나오면, 사람들은 기다렸다는 듯 자신의 물건을 챙겨 문을 열고 나섰다. 그러한 뒷모습이 꽤 다부져 보여서 나는 그들이 부러웠다. 나도 내려야 하는 거 아닐까? 나는 언제 내려야 하나. 괜히 조급해져 가방끈만 만지작거리곤 했다.

분명, 나도 목적지가 있었던 것 같은데. 나는 자주 내가 서 있는 곳이 어디인지 잊었다. 나는 어디로 가고 있던 걸까? 어디로 가고 싶었던 걸까?

기차는 정해진 구역에 제때 도착해 사람들을 뱉어 내고 머금었다. 한 칸에 함께 있던 사람들이 빠질수록, 그만큼의 사람들이 더 올라탔다. 그들은 또 다른 목적지를 향해 갈 것이었다. 명확한 목적지를 가진 그들이 부러웠다.

멀리 보이는 불빛이 뿌옇게 번졌다. 나는 아무것도 하지 않은 채, 끝없이 어두워지는 밖을 바라보기만 했다. 저 멀리 눈에 불을 켠 자동차가 기를 쓰고 논밭의 옆길을 달리는 것을 보았다. 차는 망설임 없이 앞으로만 나아가는 듯했다. 곳곳에 어둠이 도사릴수록 나는 더욱 마음이 급해졌다. 나에게도 빛이 필요하다 느꼈다. 그래서 나는 저 어둠이 가득한 곳으로 내려서고 싶지 않은 걸까? 밖을 나섰을 때, 그 어떤 빛도 나를 비추지 않으면 어쩌나 싶은 생각 때문에?

창밖의 풍경이 전혀 익숙하지 않아 서글펐다. 어느 구간에서 잠시 기차가 멈췄다. 앞서 달려가고 있던 기차를 먼저 보내기 위해 잠시 정차한다는 안내가 들려왔다. 기차의 조명이 아까보다 조금 더 어두워졌다. 그제야 밖의 풍경이 조금은 눈에 들어왔다. 그래도 나는 여기가 어디인지 몰랐다. '목적지가 명확한 사람'이 되고 싶었다. 쉬지 않고 목적지를 향해 달려가고 싶은 충동이 들었다. 정해진 노선을 따라 달려가다 보면 나도 언젠가 내가 목표로 한 목적지에 다다를 수 있지 않을까? 나는 기차가 나를 목적지까지 알아서 데려다주길 바랐지만, 일어나 가방을 챙기고 기차에서 내리는 것은 내 몫이었다. 나는 오직 그것만은 잊지 않은 채 기차 안에 묵묵히 실려 흔들리는 몸을 가만히 두었다.

고요가 내려앉은 간이역을 발견한 것은 그즈음이었다. 불이 켜져 있는 역에는 아무도 없었고, 아무도 내리지 않았다. 아무도 그곳을 지키고 있지 않았다. 기차는 정차하지 않고 그대로 그곳을 지나쳤다. 나는 혹시 저곳이 나의 목적지는 아니었을까 생각했다. 그렇다면, 나는 목적지를 놓친 셈이었다. 다음 목적지를 찾아야 했다. 나는 가방을 옆에 내려 둔 채, 조금 더 편한 자세를 찾았다. 등과 머리를 완전히 의자에 기대고 밖을 바라보았다. 간간이 눈을 맞춰 오는 나의 시선을 더는 피하지 않았다. 흐릿한 나의 몸을 바라보고 있자니, 몸을 관통한 온갖 것들이 눈에 들어왔다. 어느 산, 어느 강, 어느 논, 어느 밭, 어느 다리, 어느 달, 어느 별이 나와 함께였다.

순간, 나는 바로 다음 역에서 내려야겠다고 생각했다. 그렇게 마음을 먹자마자 후련해졌다. 다음 역에 내린다면 나는 '목적지가 있는 사람'이 되는 것이었다. 다음 역에 내리고 싶은 마음이 갑자기 바뀌어 다다음 역이나 다다 다음 역에 내린다면 나는 '목적지가 바뀐 사람'이 될 수도 있겠다. 설사 내리지 않는다고 해도 나는 '목적지를 마음대로 정할 수 있는 사람, 어디든 목적지로 만들 수 있는 사람'이었다.

나는 여태 내가 목적이 없는 사람이라고 생각했다. 나도 나를 잘 모른다고 여겼다. 다시 생각해 보니, 목적지를 정하는 건 그리 어려운 일이 아니었다. 조급한 마음에 남들이 내린다고 해서 우르르 따라 내릴 것이 아니라, 내가 가야 할 곳을 정확히 알고 미리 가방을 챙기는 일, 급하지 않게 일어나 열릴 문 가까이에 다가서면 될 일이었다.

그 모든 것은 언제든 스스로 할 수 있는 일이었고, 오직 나만이 할 수 있는 일이 될 터였다.

마음에도
유통기한이 있습니다

아침 다르고, 점심 다르고, 저녁 다르고, 분마다 다른 나의 마음을 제대로 알 방법은 없다. 오랫동안, 시간을 들여 그것을 바라보고 있는 수밖에. 하지만, 우리는 살아가며 다양한 곳에 시선을 두기 때문에, 마음만 주야장천 바라보기란 또 어렵다.

감정에도 유통기한이 있다. 제때 사용하지 못한 감정은 눈물로, 말로, 행동으로 쓰이지 못해 그대로 마음에 묻힌다. 그렇게 쌓이는 감정과 뱉지 못한 말은 마음에 산을 이룬다. 그것이 무너질 때가 되어서야 우리는 거기에 감정이란 게 있었음을 안다.

　몰아치는 감정과 미처 정리하지 못해 쌓인 감정을 마음에서 비워 내고 정리하려 이 글을 쓰기 시작했지만, 정작 글을 마무리하려는 지금 나는 글을 쓰기 이전보다 훨씬 더 많은 감정에 휩싸여 있음을 느낀다. 무언가를 느낀다는 것은 엄청나게 중요하다. 우리는 살면서 깊고 넓은 감정의 바다에 끊임없이 몸을 맡길 수밖에 없을 것이다.

　나는 아직 내가 알지 못하는 감정이 많다고 생각한다. 조금씩 더 알아갈수록 세상은 그만큼 선명해지겠지. 나는 그 순간을 고대한다. 좋아하는 것을 좋아하며, 싫어하는 것을 싫어하며, 사실을, 허무를, 분노를, 슬픔을, 기쁨을, 우월감을, 행복을 아주 생생하게 느끼면서 살아야겠다. 감정을 느끼는 역할과 누군가에게 느끼도록 하는 역할을 철저히 수행하며 끝까지 살아남으려 한다.

　내가 쓴 글이 조금이나마 당신의 무언가를 자극할 수 있기를 바란다.

― 김단한